내 남편을 팝니다

내 남편을 팝니다

고요한 장편소설

나무옆의자

차례

1. 윤해리 — 7
2. 김마틴 — 31
3. 카미유 — 68
4. 압구정 — 93
5. 김마틴 — 119
6. 루비통 — 142
7. 천설화 — 169
8. 윤해리 — 192
9. 김마틴 — 207

작가의 말 — 219

1. 윤해리

휴대폰 검색창에 '남편을 팔고 싶다'고 쳤다. 엉뚱하게 '남편이 집을 팔고 쉬고 싶어 한다'는 글이 검색됐다. 남편 팔아요. 남편 매매. 남편 파는 법. 남편 가격. 남편 직거래. 남편 재활용. 남편 판매하는 곳. 검색어를 바꿔 넣어도 비밀 클럽은 나오지 않았다. 하긴 세상천지에 남편을 파는 곳이 있을 리 없었다. 그럼에도 퇴근해 돌아오면 소파에 앉아 무료하게 남편 파는 곳을 검색했다.

아무리 찾아도 남편 파는 곳이 나오지 않아 포기할 때쯤 반신반의하며 검정색 명함에 적힌 알파벳을 주소창에 넣어보았다. 그러자 화면이 바뀌더니 '남 주기 아깝지만'이란 타이틀 아래 멤버십 온리, 라는 영어 메시지와 함께 가입 버튼이 깜빡였다. 남편을 파는 비밀 클럽이 진짜 있었다.

홀린 듯 해리는 가입 버튼을 눌렀다. 뒤이어 화면에서 요구하는 대로 본인 인증을 한 후 이름, 생년월일, 집 주소를 넣고 가입신청서를 작성했다. 셀카로 얼굴 사진도 찍어 올리고 나니 비밀 유지 서약서에 서명을 요구하는 페이지가 나왔다. 서명까지 마치자 이번엔 가입비 50만 원을 입금하라는 팝업창이 떴다. 사기로 괜히 돈만 날리는 게 아닌가 걱정되는 데다 개인정보까지 탈탈 털릴지 모른다는 생각이 들었다. 하지만 늘어난 추리닝을 입고 주방에서 설거지하는 마틴을 보고는 은행 앱을 열었다. 50만 원을 입금하자 곧바로 비밀 클럽 입장이 허용되었다.

마치 다른 세계로 진입한 것 같아 해리는 눈이 휘둥그레졌다. 입을 다물지 못하고 클럽 내부를 하나하나 훑었다. 회원은 30명이 넘었고 오른쪽 상단엔 실시간 채팅방도 있었다. 이런 곳이 존재한다는 게 믿기지 않아 회원들의 글을 하나씩 읽는데 채팅방에서 도로시라는 여자가 초대를 했다. 비밀 클럽이 어떤 곳인지 자세히 알고 싶어 채팅방으로 들어갔다.

인사를 하자마자 도로시는 남편을 사려고 들어왔는지 팔

려고 들어왔는지 물었다. 대놓고 물어보는 바람에 당황해 저는 남편이 있어요, 라고 엉뚱한 대답을 해버렸다. 아, 팔고 싶은 거군요, 하면서 도로시는 남편 사진을 보여달라고 했다. 마음을 들킨 거 같아 뜨끔했지만 설거지하는 마틴의 뒷모습을 찍어 보냈다. 앞모습이 나오게 찍어달라고 요구해 해리는 마틴을 불렀다.

  얼굴을 찡그리며 마틴이 뒤를 돌아보았다. 추레한 모습을 보니 짜증이 확 올라왔다. 파란색 셔츠 있잖아. 백화점에서 산 그 셔츠 좀 입고 와봐. 자신의 말을 무시하고 다시 설거지를 하는 마틴의 뒤통수를 노려보았다. 알았어. 알았으니까 여기 보기나 해. 두 번을 말하고 나서야 마틴이 돌아보았다. 좀 웃어, 웃으라고. 하지만 꼬챙이에 꿰인 어묵처럼 찌푸린 인상은 펴지지 않았다. 마음에 들지 않았지만 한 컷 찍어 보냈다.

  —눈을 중심으로 크게 찍어주세요.

  해리는 또 마틴을 불렀다.

  —가까이 와봐. 고무장갑 벗고.

  —설거지하는데 귀찮게 좀 하지 마. 당신이 할 것도 아니면서.

  퐁퐁 거품을 뚝뚝 흘리며 마틴이 거실 소파까지 왔다. 눈을 중심으로 두 컷 찍어 보냈다. 바로 남편을 사고 싶다는 답장이 왔다. 사진 몇 장 보냈을 뿐인데 순식간에 이런 곳에서 거래가 된다는 게 놀라웠다.

하지만 그보다 더 놀라운 건 자기 자신이었다. 도로시가 묻는 말에 귀찮아하지 않고 꼬박꼬박 답변을 해주고 있었다. 불현듯 이게 뭐 하는 짓인가 싶었다. 아무리 그래도 이건 아니었다. 남편을 팔다니. 어떻게 남편을 판단 말인가. 있을 수 없는 일이었다.

물론 그동안 속만 썩이고 일도 않는 남편을 팔아버렸으면 좋겠다는 생각은 종종 했다. 그래서 우연히 듣게 된 비밀 클럽을 찾아 가입까지 했는데 막상 거래 제안을 받으니 정신이 번쩍 들었다. 인신매매는 범죄였다. 유엔 팔레르모 의정서에는 인신매매를 범죄로 규정하고 있었다. 또 국제형사재판소는 인신매매가 심각한 인권 침해일 뿐 아니라 반인도적 범죄라고 명시했다. 물론 우리나라에서도 인신매매는 불법으로 간주돼 형사 처벌됐다.

마음을 접고 해리는 베란다 너머 놀이터를 바라보았다. 총을 든 아이가 두 발을 땅에 디딘 채 엉덩이만 들었다 내렸다 하며 혼자 시소를 타고 있었다. 이내 아이는 시소에서 내려와 한 남자를 보고 아파트 출입구로 뛰어갔다. 아이가 앉았던 시소가 반동에 의해 위로 올라갔다. 끝까지 다 올라간 시소가 내려와 모랫바닥에 쿵 닿았을 때 해리의 마음은 바뀌어 있었다. 암암리에 비밀 클럽에서 이뤄지는 거래라면 경찰에게 발각되거나 들통날 일이 없었다. 게다가 이건 타인을 파는 게 아니라 자신의 남편을 파는 것이었다. 비밀 클럽 정보를 얻기 위해 그 여자를 찾아다닐 때부터 이미 남편을 팔기로 마음먹었는지 몰랐다. 어차피 마틴과는 이혼할 사이였다.

─음…… 사진은 어디에 쓰려고?

─당신을 팔려고.

─당근마켓에다?

─아니.

─그럼 어디에 날 팔아? 허! 그래 팔아라. 이왕이면 아주 비싸게 팔아라.

농담이 아니라고 해도 마틴은 믿지 않고 비아냥댔다. 눈앞에 휴대폰을 들이밀고 비밀 클럽을 보여주자 마틴은 소리를 빽 질렀다.

─이 여자들 모두 미친 거 아냐?

─미치긴. 눈앞에 두고 속 썩느니 팔아서 돈도 벌고 눈에서도 치우고 얼마나 좋아.

―허구한 날 당근마켓에서 내 물건 팔더니 이제 나까지 팔겠다고? 내가 물건이야?

―물건만 팔아? 물건이든 아니든 판매자가 있고 구매자가 있으면 거래는 이뤄지는 거지 뭐.

―나 참 어이가 없어서. 나를 팔아 치우면 속이 시원하겠냐.

―말이라고 해. 결혼 후 지금까지 내가 들인 돈이 얼만데. 이렇게 이혼하면 위자료 한 푼 못 받고 개털 되는 거니까 당신을 팔아서라도 본전을 뽑아야겠어. 당신 지금 나한테 줄 위자료는커녕 이혼하고 나가 살 집 구할 돈도 없잖아.

―본전? 위자료? 이혼하자고 한 당신이 위자료를 줘야지. 차라리 내 앞으로 사망보험 여러 개 들어놓고 사고사로 위장해 죽이지 그래? 가평 계곡 살인 사건처럼.

―생각 안 해본 건 아니지만 그런 건 결국 다 보험회사에 걸리더라고.

―뭐야?

―걱정 마. 안 죽여. 보험도 안 들어놨는데 죽이지 말고 당신을 팔아야 나한테 이익이지.

여전히 장난인 줄 안 마틴이 싱크대로 가는데 도로시에게 쪽지가 왔다. 당장 마틴을 보러 오겠다며 집 주소를 물었다.

망설이다 집 앞의 근린공원을 알려주자 나올 때 안과 시력 진단서를 떼어 오라고 했다. 뜬금없는 요구라 의아했지만 승낙한 뒤 쪽지 내용을 마틴에게 알려주었다. 마틴은 단칼에 거절하고 설거지를 했다. 가입비를 50만 원이나 냈다고 하자 고무장갑을 벗어 던지더니 화장실로 들어갔다. 마틴은 타일 바닥에 락스를 뿌리고 솔로 구석구석을 문질렀다. 바닥을 문지를 때마다 락스 냄새가 풍겼다. 궁리 끝에 청소를 마치고 나온 마틴을 붙잡았다.

─당신을 팔아서 그 돈의 절반을 줄게. 위자료로.

들은 척도 않고 마틴은 쪽파 두 단을 들고 베란다로 나가 신문지 위에 부었다. 그러고는 칼로 파 밑동을 자르고 줄기에 들러붙은 콩알만 한 달팽이를 손으로 눌러 죽였다. 가입비야 날리면 그만이지만 이번이 기회라는 예감이 사라지지 않아 베란다로 가 마틴을 설득했다. 마틴은 파를 다듬던 손길을 멈추고 정말 위자료를 줄 거냐고 물었다. 자신을 판다는 것에 분해하면서도 이 상황을 어떻게 극복하는 게 유리할지 저울질하는 것 같았다. 반은 넘어온 것 같아 무심한 척 해리는 놀이터를 바라보았다. 스머프처럼 파란색 티를 입은 부부가 시소를 타면서 싸우고 있었다.

─그럼 날 팔아.

수돗물에 씻은 파를 체에 받쳐놓고 마틴이 말했다. 걷어 붙인 소매에 죽은 달팽이의 살점이 붙어 있었다.
—음…… 근데 누가 나 같은 남자를 사겠어?
—그런 문제라면 걱정 마.
모든 물건엔 임자가 따로 있는 법이었다. 당근마켓에서 거래되는 물건들을 보면 그랬다. 쓰다 내놓은 냉장고나 찢어진 소파를 누가 살까 싶지만 어느새 보면 팔리고 없었다. 오래된 망치나 색이 바랜 스탠드는 물론이고 시골집 장독대에서 나온 항아리도 거래됐다. 손톱깎이나 은수저 같은 것도 예외는 아니었다. 신지 않은 새 양말 열 켤레는 올린 지 1분 만에 사겠다는 사람이 나타났다. 양말을 들고 멀리 나갈 필요도 없이 사겠다는 사람이 집 앞까지 왔다.
물건을 팔 때마다 마틴은 기분 나빠했지만 한 번 입은 트레이닝복과 아디다스 운동화마저 팔아 치웠다. 취미 삼아 키운 햄스터는 내놓은 지 한 시간도 안 돼 나갔다. 마틴이 아끼는 식물인 알보몬스테라도 팔았다. 한창 식물값이 올랐을 때라 산 가격보다 세 배나 많이 받은 돈으로 우아하게 뷔페에 가서 식사를 했다. 당근마켓에서 물건을 팔며 자신에게 필요 없는 게 때론 상대에게 절실하다는 걸 깨달았다. 시간이 걸릴지언정 내놓은 물건들은 죄다 팔렸다. 팔지 못하는 물건은 없었다.

　―이제부터 싸우지 말고 사이좋은 부부처럼 협조해야 해. 당신이 팔릴 때까지만 이혼하지 않을 부부처럼 행동하자고.

　―왜?

　―그래야 파는 데 좀 더 유리하지 않겠어. 일단 당신을 멋진 남자로 포장해야겠어. 그럴듯한 상품으로 포장해야 여자들이 사려고 덤비지. 어서 백화점에서 산 셔츠로 갈아입고 나와.

　마틴은 작은방에 들어가 면바지에 파란색 셔츠를 받쳐 입고 나왔다. 늘어난 추리닝과 헐렁한 티만 입다 파란색 셔츠를 입으니 서너 살은 젊어 보였다. 해리는 검정색 명함을 지갑에 넣고 얼마 전 백화점에 갔을 때의 일을 떠올렸다. 자신의 옷만 샀던 게 걸려 큰맘 먹고 마틴 걸 사러 갔는데 귀를 뚫고 들어오는 세 마디에 온몸이 얼어버렸다.

　―니 남편도 팔아버려.

　하얀색 원피스를 입은 여자가 구찌 매장 쇼윈도 앞에서 디스플레이된 가방을 보며 통화를 하고 있었다. 그렇게 미우면 니 남편도 팔아버리라니까. 여자 쪽으로 한 발 다가갔으나 쇼윈도에 비친 얼굴은 조명에 번져 잘 보이지 않았다. 한 30명쯤? 그렇다니까. 아무나 가입 못 하는 인터넷 비밀 클럽이야. 남편을 사려는 여자들이⋯⋯. 자신의 뒷모습을 바라보는 해리를 의식한 듯 여자는 목소리를 죽이고 에스컬레이터 쪽으로 걸어갔다.

얼른 해리는 휴대폰을 꺼내 남편 파는 곳을 검색했다. 검색 결과는 없었다. 혹시나 하고 포털 사이트를 바꿔 검색했지만 허사였다. 그런 곳이 있을 리 없었다. 검색을 멈춘 후 정신을 차리고 보니 구찌 매장 쇼윈도 앞에 선 자신을 사람들이 피해 다니고 있었다. 주변을 둘러봐도 여자는 보이지 않았다.

쇼윈도의 마네킹처럼 한참을 더 서 있다 여자를 찾아 에스컬레이터를 타고 내려갔다. 지하의 태국 레스토랑과 식품 매장을 둘러보고 2층으로 올라갔다. 3층과 4층까지 둘러본 뒤 5층으로 갔는데 여자가 남성복 매장에서 셔츠를 보고 있었다. 어떻게 접근할지, 어떻게 말을 걸지 몰라 멀찌감치 떨어져 옷을 고르는 척하며 곁눈질로 여자를 관찰했다. 남편을 파는 비밀 클럽을 알려달라고 했다간 미친 여자 취급을 당할 수 있었다. 셔츠를 들어 이리저리 살피는 여자에게 말을 붙여볼 타이밍을 기다리는데 점원이 다가왔다.

─저분이 보시는 파란색 셔츠 너무 예쁘죠?

대충 대답을 하면서도 해리의 눈은 계속 여자에게 꽂혀

있었다. 점원은 그게 셔츠 때문인 줄 알고 30퍼센트 세일 중이라며 적극적으로 판촉했다. 특별히 추가 5프로 더 해주겠다며 남편에게 선물하면 좋아할 거라고 했다.

　─집에서 살림하고 노는 사람이 웬 옷 타령을 그리 하는지 모르겠어요. 옷장에 멀쩡한 옷 많은데.
　─네?
　─아…… 아니에요. 주세요, 저거. 사이즈 100으로.
　결국 여자가 보던 파란색 셔츠를 구매했다. 하지만 포장하고 계산하는 사이 또 여자를 놓쳤다. 매장을 나와 일대를 다 둘러봤지만 끝내 찾지 못해 허탈해하다 화장실에 들어갔다.
　변기에 앉아 볼일을 보는데 아래 문틈으로 검정색 명함을 쥔 손이 쓱 들어왔다. 엄마야! 누구세요? 뭐예요 이게. 아무런 대꾸가 없었다. 해리가 받지 않자 그 손은 명함을 바닥에 떨궜다. 얼른 옷을 추스르고 나가 봤지만 아무도 없었다. 명함을 집어 확인하니 금박으로 알파벳을 새긴 인터넷 주소가 적혀 있었다. 쓰레기통에 버리려다 비밀 클럽이 아닐까 하는 생각이 들어 지갑에 넣었다. 명함에 영어로 '멤버십 온리'라고 쓰였기 때문이었다.

　안과 병원에 들렀다 집 앞의 근린공원으로 갔다. 햇빛에 피부가 타는 걸 극도로 싫어하는 마틴은 평소처럼 우산을 쓰고 걸었다.

공원 둘레는 버드나무가 우거졌는데, 그 아래에는 사람들이 트랙을 돌다 쉴 수 있게 군데군데 벤치가 설치돼 있었다. 자판기 쪽 벤치에는 줄무늬 재킷을 입은 남자가 앉아 있었고 팔각정에서는 노인이 졸고 있었다. 그 뒤편으로 조금 전 다녀온 안과 병원이 보였다.

다시 주변을 둘러보니 또래로 보이는 여자가 눈에 들어왔다. 그 여자일까 싶어 다가서려 했지만 누군가를 기다리는 기색이 없었다. 공원 화장실에서 투피스 정장에 챙이 넓은 모자를 쓴 여자가 나와 그쪽을 주시했다. 얼굴이며 분위기도 산뜻해 돈이 있는 여자처럼 보였다. 그 여자 같아 신호를 보내듯 어깨 위로 손을 들었지만 그녀는 해리를 보지 못했다. 빠른 걸음으로 뒤따라가 도로시 님이 아니냐고 물었다. 여자는 고개를 젓고 공원 뒤쪽으로 난 오솔길로 들어갔다. 안쪽으로 하얗게 개망초가 피어 있었다.

그제야 도로시가 외국인일 수 있다는 생각에 주위를 둘러봤으나 금발의 백인 여자도 곱슬머리 흑인 여자도 보이지 않았다. 앵두나무가 있는 곳까지 갔다 와서 도로시에게 근린공원에 왔다는 쪽지를 보냈다. 이미 도로시도 공원에 와 있다고 했다. 둘러봐도 여자가 보이지 않아 자판기 쪽으로 고개를 돌렸는데 쪽지가 또 왔다. 지금 벤치에서 일어선 사람이라고. 방금 일어선 사람은 줄무늬 재킷을 입은 남자였다. 고개를 갸웃하고 해리는 마틴의 손을 잡아끌었다. 저 사람은 남자라면서 마틴이 손을 빼냈다. 이 클럽엔 남자가 들어올 수 없다고 달랜 뒤 마틴의 손을 잡아끌고 갔다.

도로시는 여자처럼 미소를 지으며 자판기에서 캔 커피를 뽑아 주었다. 서로 마주 보는 형태로 설치된 대화형 벤치에 앉아 캔 커피를 홀짝이며 도로시를 훔쳐봤다. 올챙이처럼 도로시는 배가 튀어나왔고 허벅지는 럭비 선수처럼 두꺼웠다. 손가락은 마디가 굵고 짧은 데다 손등엔 시커먼 털이 듬성듬성 나 있었다. 아무리 봐도 여자가 아니었다. 남장을 한 것도 아니었다. 남자처럼 생긴 여자도 아닌, 남자였다. 더는 궁금증을 참지 못해 자신의 남편도 남자라고 했다. 도로시는 그런 건 상관없다고 했다. 하지만 도로시에겐 상관없을지 몰라도 마틴에겐 상관이 있었다.

―제 남편은 남자를 좋아하지 않아요.

또 여자처럼 도로시는 미소를 지었다.

―제가 남편분을 선택한 건 눈이 아름다워서예요.

한 번도 마틴의 눈이 아름답다고 생각한 적이 없어 고개를 갸우뚱했다. 쌍꺼풀이 없는 외까풀로 이목구비 중에서 가장 못생긴 부분이 눈이었다. 눈을 제외하면 전반적으로 체격이 좋아 어디에 내놓아도 부끄럽지 않은 유전자였다. 한데 눈이 마음에 든다니. 안과 시력 진단서를 건네자 도로시는 그걸 펴서 눈앞에 바짝 대고 살폈다. 좋은 결과를 기다리듯 해리는 긴장을 했다. 진단서를 꼼꼼하게 살피던 도로시의 입꼬리가 올라가는가 싶더니 이내 시력을 칭찬했다. 마틴의 시력은 양쪽이 다 1.5였다. 곧장 마틴이 자기 집안의 시력 자랑을 늘어놓자 도로시는 좋아했다.

하지만 눈이 아름다워 마틴을 선택했다는 말은 쉽게 이해되지 않았다. 마틴이 푸른 눈을 가진 것도 아니었고 회색 눈을 가진 것도 아니었다. 그야말로 흔하디흔한 짙은 갈색 눈이었다. 그래서 단도직입적으로 왜 남편을 사려는 거냐고 물었다.

―얼마 후면 저는 시력을 잃습니다. 그래서 남편분이 필요합니다.

―간병인이 필요한 거군요.

―아뇨, 눈이 필요해요. 더 정확히 말하면 각막.

순간 몸에서 소름이 돋았다. 각막 이식은 뇌사자나 중환자의 사후 기증으로 이뤄졌다. 사후 여섯 시간 이내에 죽은 자의 각막을 적출해 수술하는 것이었다. 도로시는 마틴이 필요한 게 아니라 마틴의 눈이 필요한 것이었다. 눈을 중심으로 사진을 찍어달라던 것도 이런 이유였다. 감쪽같이 사람을 속이고 나와 살아 있는 사람의 눈을 달라니. 화가 났지만 꾹 참았다.

─좋아요. 그럼 얼마를 줄 건데요?

마틴이 펄쩍 뛰며 정신 나간 남자한테 자신을 팔 거냐고 씩씩댔다. 팔각정 지붕에서 한쪽 눈이 뭉개진 고양이가 내려와 해리의 허벅지에 몸을 비볐다. 손으로 밀치자 고양이는 물러나지 않고 사타구니로 머리통을 밀어 넣었다. 앙탈을 부리는 고양이를 끄집어냈을 때 도로시가 재킷 속주머니에서 1억짜리 수표를 한 장 꺼내 주었다. 살아 있는 사람의 눈을 주는 건데 겨우 1억으로 퉁치냐고 따지자 1억을 더 내밀었다. 당신 미쳤어, 하며 마틴이 해리의 손을 잡아당겼다. 마틴의 손을 밀어낸 뒤 2억도 부족하다고 하자 도로시가 인상을 찌푸렸다.

─2억이 뉘 집 개 이름인 줄 압니까. 난 절실해서 이곳까지 왔단 말입니다. 내 말 좀 들어보세요. 집사람이 이 병원 저 병원 돌아다니며 각막 기증자를 찾는데 그게 쉬운 일인가요. 장기기증센터에 등록을 해놓았지만 대기자가 많아 언

제 순서가 올 줄 모르는데 이렇게 기회가 돼서 찾아온 거라고요. 이게 다 하나님의 은총이지만.

―하나님의 은총요?

―날마다 새벽기도에 나가 각막을 구하게 해달라고 빌거든요. 성경 말씀에 이런 구절이 있어요. 구하시오 받으리라, 찾으시오 얻으리라, 두드리시오 열리리라. 그 기도가 통했는지 오늘 만남이 성사된 거죠. 2억으로 부족하면 크게 인심 써서 1억 더 드리겠습니다.

도로시는 주머니에서 1억을 더 꺼내 주었다.

―남편을 파는 거나 각막을 파는 거나 다를 게 뭐 있어요. 이참에 좋은 일 하세요. 하나님도 감동할 거예요.

세 장의 수표를 손에 쥐고 해리는 고민에 빠졌다. 3억이면 결코 적은 돈이 아니었다. 이 돈만 있으면 새로운 집으로 이사도 갈 수 있었다. 하지만 과감하게 욕심을 떨쳐내고 돈을 되돌려줬다. 아무리 그래도 이런 남자에게 남편을 팔 순 없었다.

―하나님도 감동할 일이라면 하나님의 눈을 달라고 하세요. 전 남편을 팔러 왔지 남편을 죽이러 온 게 아니에요.

―뭔가 오해를 했나 본데, 남편분을 죽이는 게 아니에요. 단지 눈만…… 죽이지 않고 각막만 가져갈 거예요. 각막을

준다고 해서 사람이 죽진 않아요. 저 병원의 유명한 안과 의사가 내 친구예요. 피 한 방울 흘리지 않고 각막만 떼어 낼 겁니다."

도로시는 안과 병원에 의료기기를 파는 일을 한다며 자기 자랑을 늘어놓았다. 돈이 부족하면 더 주겠다고 했지만 해리는 진단서를 찢은 후 다정한 부부처럼 우산을 함께 쓰고 공원을 나섰다. 길을 건너 교회 앞을 지날 때 도로시에게 쪽지가 왔다. 우산 밑에서 빠져나와 읽지도 않고 쪽지를 지운 후 교회 정문 옆의 크리스마스트리를 바라보았다. 6월이 오는데도 전나무에 휘감아놓은 전구를 걷지 않아 트리는 낮에도 반짝거렸다. 트리를 보고 그 길 끝에 있는 네 동짜리 아파트 단지로 걸어갔다.

단지 입구에 도착할 때까지 도로시가 계속 쪽지를 보내와 번호를 차단시키고 놀이터를 지나갔다. 그사이 스머프 부부는 보이지 않고 빨간색 티를 입은 노부부가 시소를 타고 있었다. 곧장 공동 출입문으로 들어가 1층 현관문을 열었다. 마틴은 베란다로 나가더니 비닐장갑을 끼고 스테인리스 대야에 고춧가루를 부었다. 그러고는 액젓과 올리고당을 넣어 주걱으로 저은 다음 씻은 파를 양념에 버무렸다. 매콤한 고춧가루와 젓갈 냄새가 집 안까지 들어와 입안에 침이 고였

1. 윤해리

다. 다른 때 같으면 간이 맞는지 맛보라고 불렀을 텐데 이번엔 부르지 않았다.

해리는 식탁에 앉아 접시의 땅콩을 씹으며 화를 식혔다. 생각할수록 괘씸했지만 그렇다고 겨우 한 번 이용하고 클럽을 탈퇴할 순 없었다. 가입비 낸 게 아까워 아까 찍은 사진을 보정한 뒤 비밀 클럽에 접속해 글을 썼다. 〈내 남편을 팝니다〉. 제목을 쓰고 마틴에 관한 기본 정보를 적었다. 나이는 마흔. 취미는 식물 가꾸기. 음식 가리지 않고 잘 먹음. 기본 정보를 쓰고 나서 작년에 받은 종합건강검진 결과지도 찾아 휴대폰으로 찍어 첨부했다. 시력 진단서를 찢은 게 후회돼 토익 시험 점수가 나온 성적표를 올렸다. 호기심을 끌 만한 정보도 사진과 함께 올리고는 파김치를 담그고 온 마틴에게 비밀 클럽에 업로드한 글을 보여주었다. 눈을 동그랗게 뜨고 마틴은 글을 읽어 내려갔다. 감정을 억누르는 듯 이따금씩 삐져나온 코털을 잡아당겼다.

―내 취미는 식물 가꾸기가 아닌데.

마틴이 휴대폰에서 눈을 떼지 않은 채 말했다. 몬스테라를 키운 경험이 있어 적었다는 말에 취미로 한 건 아니라고 손사래를 쳤다.

―왜 내 직업은 안 썼어? 난 살림하는 남자잖아. 파김치를

맛있게 담글 줄 아는 살림남이라고 써야지.

─불리한 건 안 쓰는 게 나아. 10년째 일도 않고 와이프가 벌어다 주는 돈으로 산다고 하면 누가 사겠어.

─이것도 잘못됐네. 난 음식을 가린단 말이야. 소고기가 들어가지 않은 미역국은 싫어한다고.

─음식을 가린다고 하면 잘도 팔리겠다. 팔릴 수 있는 상품으로 포장해야 한다고 당신이 보험회사 다닐 때 말했잖아.

─암튼 난 파김치는 좋아하지만 파전은 싫어. 파전보단 강판에 싹싹 갈아 만든 감자전 좋아해.

마틴은 다시 글을 읽어 내려갔다. 축구 농구 배구 핸드볼 다 잘함. 학생 때 핸드볼 선수로 전국체전 출전 경험. 거기서 또 마틴은 인상을 찌푸렸다. 핸드볼 선수로는 전국체전에 나간 적 없다며 이건 사기 정보라 판매되더라도 환불 요청되고 거래 취소가 될 거라고 했다. 하지만 그건 미끼용 문장이라 중요하지 않았다.

남편이란 사람이 일을 하지 않는 것 때문에 이혼하려는 건 아니었다. 여자가 벌고 남자가 살림하는 부부도 있으니까. 회사를 다니는 것보다 살림하는 게 더 제격인 남자도 있었다. 마틴이 보험회사에서 잘려 살림을 한다고 했을 때 거부감 없이 수용한 게 이런 이유였다. 수시로 밑반찬을 만들고 김치를 담그는 일이 해리에겐 어려웠다. 하지만 마틴은 달랐다. 능숙하게 집안일을 처리했고 제때제때 계절 밥상을 차려냈다. 전에 없던 잔소리가 늘어 뒤통수를 후려치고 싶을 때도 많았지만 참고 넘어갈 정도로 음식을 맛있게 했다. 그런데 아파트를 사려고 벌어둔 돈으로 집 지을 땅을 샀다가 사기를 당했다. 마이너스 통장까지 탈탈 털려 3억 5천만 원을 날린 것이다. 죽이고 싶을 만큼 원망스러웠지만 그렇다고 진짜 죽일 순 없어 결혼 10년 만에 이혼장을 내밀었다. 이혼을 결심한 진짜 이유는 말하지 않았다.

―내 몸값이 7천만 원밖에 안 돼?

글의 마지막 문장을 보고 마틴이 신경질을 냈다. 퇴직 전 연봉에 2천만 원을 추가한 건데 딴에는 적게 느껴진 모양이었다. 배려해주는 척 몸값을 1억으로 수정해 올렸다. 1억이면 팔릴까 의심이 갔지만 3억 내고 사려는 사람도 있었기에 임자가 나타날 거라 믿었다.

―음…… 근데 그 미친놈에게 정말 날 팔려고 한 건 아니었지?

―수표를 쥐었을 땐 흔들렸지만 그건 양심상 할 수 있는 일이 아니잖아. 진짜 당신을 죽이는 거니까.

휴대폰 벨이 울려 받아보니 경찰관이었다. 소속과 이름을 밝힌 경찰관은 사이버상에 비방할 목적으로 특정인의 사진이나 이름을 올리면 명예훼손으로 처벌될 수 있다면서 게시물을 내리라고 했다. 느닷없는 경찰관의 전화에 해리는 말 한마디 못 하고 듣고만 있었다. 경찰관은 사이버상에선 사람을 거래할 수 없다고 했다. 하지만 물건을 사고파는 건 제약이 없다면서 당근마켓을 예로 들어 설명했다. 가구나 생활용품은 물론이고 콜라나 사이다 같은 먹거리도 거래 가능하다고 했다.

경찰관은 당근마켓에서 한 번 신은 구두를 구매가의 반가격에 판 적이 있다고 자랑삼아 떠들었다. 그제야 이게 어떻게 된 상황인지 파악이 됐다. 비밀 클럽에 올린 글을 캡처해 도로시가 신고한 것이다. 해리는 남편이 꼴 보기 싫어 장난삼아 올린 거라고 둘러대고는 글을 내리겠다며 황급히 전화를 끊었다.

마틴이 무슨 전화냐고 물었지만 대꾸도 않고 소파로 갔다. 소파에 앉아 휴대폰 검색창에 결혼 생활이란 뭘까 하고 쳤다. '결혼 생활이란 강물 위에 띄워 놓은 종이배 같은 것이었다. 바람이 불면 출렁이고 물에 오래 떠 있으면 종이배는 밑바닥이 젖었다. 비라도 내리면 종이배는 풀어 헤쳐져 형체를 잃고 물속으로 가라앉았다.' 어디서 많이 본 글 같아 다시 읽어보니 이혼하려고 결심했을 무렵 타인의 블로그에 자신이 남긴 댓글이었다.

그 글을 마저 읽고 비밀 클럽에 들어갔다. 글을 내리려고 하다가 남자 경찰관이 이곳에 들어올 수 없다는 걸 뒤늦게 알고 내리지 않았다. 그사이 대다수 회원이 자신이 올린 글을 읽은 상태였다. 조회수만으로도 반응이 뜨겁다는 걸 알 수 있었다. 남편을 판다는 제목을 보고는 누구도 그냥 지나칠 수 없었으리라.

처음 댓글을 단 사람은 루비통이었다. 마틴을 사고 싶다는 글이었다. 두 번째 댓글을 단 사람은 선글라스였다. 1억이면 가격이 높지만 사고 싶다면서 일단 만나자고 했다. 도로시 같은 사람은 아닐 것 같아 거래하자고 대댓글을 달았다. 선글라스가 감사하다는 대대댓글을 남겼다. 곧바로 압구정이 1억 천을 주겠다면서 자신이 사겠다고 댓글을 달았다. 몇 초 사이에 몸값이 천이나 오르는 걸 해리는 멍하니 지켜보았다. 다행히 도로시가 올린 댓글은 없었다.

상도덕에 어긋나는 걸 알지만 선글라스에게 마음이 바뀌었다면서 거래를 취소하자는 쪽지를 보냈다. 압구정에겐 거래하자는 쪽지를 보냈다. 바로 알림이 와 확인해보니 또 다른 회원이 압구정의 댓글 아래 1억 천5백을 주겠다고 썼다.

순간 어떻게 돈을 벌어야 할지 판단이 섰다. 해리는 그 사람에게 이미 1억 2천에 사겠다는 사람이 있다고 거짓 쪽지를 날렸다. 바로 1억 2천5백을 부르는 답장이 왔다. 흐뭇한 미소를 짓고 압구정에게 거래 취소 쪽지를 보냈다. 일방적으로 약속을 취소하는 경우가 어딨냐고 압구정이 따졌다. 다른 사람이 돈을 더 준다고 해서 취소한 거 아니냐며 클럽 회장에게 신고해 강퇴시키겠다고 압박했다.

조금 후 비밀 클럽을 만든 유 회장이란 여자에게 전화가 왔다. 일방적으로 거래 취소를 하면서 판매 금액을 올리는 건 상도덕에 어긋나 강퇴 사유에 해당된다고 했다. 해리는 더 좋은 값에 물건을 팔려는 것이 판매자의 기본 아니냐며 그걸 금지하는 조항이 있는지 몰랐다고 항변했다. 따라서 지금까지의 일은 없었던 것으로 치고 경매를 하는 건 어떻겠냐고 제안했다. 여자들이 댓글로 값을 올리는 걸 보면서 경매를 하면 더 많은 돈을 받을 수 있다고 생각한 것이다.

―남편을 경매하자고요? 그건 좀 그렇잖아요.

유 회장이 난색을 표했지만 주저하지 않고 경매 수수료를 2프로 챙겨주겠다고 미끼를 던졌다.

―회장님이 올린 글 보니 요즘 카페 장사가 잘 안되는 모양이던데…….

1. 윤해리

예상대로 유 회장은 덥석 미끼를 물었다. 얼마 후 유 회장이 비밀 클럽에 공지 글을 올렸다. 조금 전의 거래와 관련하여 판매자와 구매자 모두 처음이라 혼란이 있었다고 중재를 했다. 따라서 매물을 직접 실물로 보면서 남편 경매를 진행하겠다고 공지했다. 루비통은 완전 좋다는 반응을 보였다. 잇따라 경매 찬성 댓글이 올라왔을 때 카미유가 자신의 전원주택을 장소로 제공하겠다고 말했다.

2. 김마틴

파란색 셔츠를 입고 차를 몰았다. 시내 중심가의 현대백화점을 지나 한 시간 반을 달리자 도로 양편으로 메타세쿼이아가 펼쳐졌다. 삼각형 모양의 수박바를 세워놓은 것 같은 메타세쿼이아 터널을 빠져나오자 군부대 사격 훈련장이 보였다.

어깨에 K2 소총을 멘 군인들이 두 줄로 서서 사격 훈련장으로 뛰어가고 있었다. 20대 초반의 앳된 군인들이 부르는 군가가 열어놓은 창틈으로 흘러 들어왔다. '사나이로 태어나서 할 일도 많지만, 너와 나 나라 지키는 영광에 살았다, 전투와 전투 속에…….'

군부대를 지나자 수면이 온통 검푸른 빛을 띤 저수지가 나왔다. 물새 두 마리가 저수지에서 춤을 추듯 날갯짓을 하며 놀고 있었다. 덩치가 조금 더 큰 물새가 날개를 퍼덕이며 날아오르더니 다른 물새의 등에 올라탔다. 교태스러운 물새들 소리가 적막을 흔들어 깨웠다. 얼마나 깊은 산골짜기인지 군인들 이외는 지나가는 차도 보이지 않았다.

―정말 이런 곳에서 비밀 모임이 열릴까.

휴대폰 내비를 보던 해리가 저수지 안쪽의 하얀 집을 가리켰다. 내비가 시키는 대로 우회전을 해 마틴은 진입로로 들어갔다. 길가에 쌓아둔 돌무더기를 피해 안으로 들어가자 외벽과 지붕을 하얗게 칠한 전원주택이 나왔다. 전원주택은 삼면이 산으로 둘러싸여 있었다. 마틴은 대시보드에서 쉬지 않고 고개를 까딱까딱하는 개 인형의 머리통을 쥐어박은 후 차에서 내렸다. 마당에는 외제 차가 여러 대 주차되어 있었다.

숲속 전원주택은 족히 2백 평이 넘어 보이는 규모의 단층집이었다. 멀리서 봤을 때보다 집이 컸고 마당 또한 넓었다. 마당 앞으로는 3천 평이 넘는 감자밭이 펼쳐졌다. 푸른 감자 잎들 사이로 개구리 혀 모양의 꽃이 하얗게 피어 있었다. 밭고랑에서 괭이로 풀을 매는 남자의 모습은 그야말로 목가적이었다. 남자 오른쪽으로 컨테이너 박스로 만든 농막이 보였다.

　―감자꽃이 장관이네.

　―꽃놀이 온 거 아니거든. 어서 들어가기나 해.

　빠져나가지 못하도록 해리가 팔짱을 꼈다. 당황한 마틴이 손을 빼냈다.

　―왜 이래?

　―저 안에서 여자들이 보는 것 같아서. 이왕이면 다정하게 보여야 좋지 않겠어.

　마당 한쪽에 세워놓은 파라솔을 보자 감자꽃이 핀 바닷가에 놀러 온 것 같았다. 어딘가에 푸른 바다가 있을 것 같아 두리번거렸으나 보이는 건 새하얀 감자밭뿐이었다. 우산을 펼쳐 쓰고 감자꽃을 뚝 따 코에 대니 이슬 냄새가 났다. 마틴은 밭고랑에 감자꽃을 던지고 우산을 빙글빙글 돌리며 파라솔 뒤에 있는 조각상 앞으로 갔다. 실오라기 하나 걸치지 않은 남자 조각상은 하늘을 떠받치듯 두 손을 들고 있었다. 두 손은 무거워 보였고 두 발은 대리석 속에 파묻혀 있었다. 풀 속에서 올라온 달팽이 한 마리가 남자의 종아리를 타고 기어 올라갔다. 남자의 머리에 심어놓은 튤립에도 달팽이가 들러붙어 있었다.

　―당신 닮은 것 같아.

해리가 말했다. 아닌 게 아니라 조각상과 자신의 얼굴이 닮아 피식 웃고 그 옆으로 눈길을 돌렸다. 그 옆에는 모자를 쓴 여자 조각상과 풀 속에 머리를 처박고 열중쉬어 자세를 한 남자 조각상이 있었다. 풀 속에서 개구리가 폴짝 뛰어올라 뒤로 물러서다 마틴은 달팽이를 밟았다. 밑창에 들러붙은 달팽이를 떼 내려고 신발을 비비는데 집 안에서 하얀색 원피스를 입은 여자가 나왔다. 여자는 이 집의 주인이라며 자신의 이름은 카미유라고 했다.
―저는 윤해리고 이쪽은 제 남편 김마틴이에요.
해리가 옆구리를 찔렀을 때에야 마틴은 우산을 접고 인사를 했다. 집 안으로 안내를 하겠거니 했는데 그녀가 뚫어져라 마틴을 쳐다보았다. 팔려 나온 남편은 어떻게 생겨 먹었나 관찰하는 것 같아 기분 나빴지만 뜻밖에도 파란색 셔츠가 어울린다고 했다. 우쭐한 기분으로 뒤따라가는데 그녀의 모습이 낯설지 않았다. 어디서 봤더라? 요리 강좌에서 봤나. 백화점에서 봤나. 근린공원에서 봤나.
딱히 떠오르지 않아 '미켈란젤로의 작업실'이란 간판이 걸린 옆 건물을 보고 집 안으로 들어갔다. 길쭉한 테이블에 둘러앉은 여자들이 마틴을 보고 탄성을 질렀다. 가슴에 대각선으로 가방을 멘 여자가 벌떡 일어나 뭐라고 입을 달싹였다. 쏟아지는 시선에 어떻게 대처할지 몰라 얼굴이 붉어졌다. 그사이 진한 화장과 화려한 옷차림을 한 60대 여자가 다가와 자신이 유 회장이라고 했다. 얼떨결에 김마틴입니다, 하고 고개를 숙였다.

―어머, 마틴 씨, 클럽에 올라온 자기 사진 보고 채팅방에서 난리가 났죠. 실제 남편을 파는 건 처음이라 실물 영접하려고 다들 몰려와 있어요.

유 회장의 안내로 테이블 맨 앞의 주황색 소파에 앉았다. 테이블에는 각자의 자리마다 머핀과 포크와 사과즙 한 팩이 놓여 있었다. 유리로 만든 천창에서 햇빛이 들어와 마틴은 고개를 젖히고 위를 올려다보았다. 철사처럼 가느다란 발을 가진 새가 천창을 걸어 다니고 있었다. 한참 동안 새를 바라보다 시선을 내렸다. 여장을 하고 도로시가 왔나 싶어 조심스레 살폈지만 다행히 보이지 않았다.

실내는 아주 넓었다. 거실과 주방을 일자로 쭉 뺀 데다 천창이 높아 답답하지 않았다. 게다가 정면을 통유리로 창을 내 감자밭 풍경이 한눈에 들어왔다. 감자꽃을 보며 얼마 전 백화점 구찌 매장 쇼윈도 앞에서 해리와 싸웠을 때를 떠올렸다.

―셔츠 하나만 살게. 파란색으로.

해리는 쳐다보지도 않고 마틴의 손을 뿌리쳤다. 마틴은 입을 옷이 없다고 했다.

―옷이 없긴. 옷장에 옷이 넘쳐나는구만. 엊그제도 인터넷으로 바지랑 화장품 주문한 거 배송 왔던데.

―그러니까 그 바지랑 입을 셔츠가 있으면 딱 좋을 거 같아서.

―살림하는 남자가 화장품이랑 옷이 왜 필요해? 자꾸 그런 거 사면 생활비 반으로 줄여버리는 수가 있어.

―그렇다고 치사하게 당신 옷만 사?

―나도 이거 참고 참았다가 꼴랑 블라우스 하나 산 거야. 그리고 나랑 당신이랑 똑같아? 나는 매일 출근해야 하잖아. 난 직장인, 당신은 살림남. 억울하면 당신도 일해.

대꾸를 하려다 주변에 모여든 사람들의 시선이 느껴져 그만두었다. 다들 갈 길을 가는 듯했지만 힐끗힐끗 우리를 쳐다보고 있었다. 키득키득 웃는 젊은 커플도 있었다. 개중 하얀색 원피스를 입은 여자가 대놓고 마틴을 쳐다보았다. 다른 사람들은 조금 보다 지나갔지만 이 여자는 그 자리에 서서 갈 생각을 하지 않았다. 구경났네, 구경났어. 왜 남의 일에 관심이 많은 거야? 셔츠 사는 걸 포기하고 마틴은 구시렁대며 에스컬레이터를 타고 내려갔다. 오랜만에 지하 식품 매장에서 장을 보고 주차장 의자에 앉아 해리를 기다렸다.

　두 시간 만에 나타난 해리의 손에는 쇼핑백이 세 개 더 들려 있었다. 해리는 차 뒷좌석 문을 열고 마틴이 산 삼겹살, 올리고당 그리고 설탕 대신 사용할 스테비아가 든 비닐봉지 옆에 쇼핑백을 놓았다.

　백화점을 나와 도로로 들어섰을 때 사이렌 소리가 났다. 사고가 났는지 앰뷸런스 두 대가 쏜살같이 달려갔다. 그 뒤를 이어 레커차 세 대가 지나갔다. 큰 사고가 난 것 같다고 말했지만 해리는 들은 척도 안 했다. 정체를 못 참는 운전자가 경적을 눌렀고 한 택시 기사는 도로 한가운데 삐딱하게 서서 담배를 피웠다. 계속되는 정체에 짜증이 난 마틴은 개인형의 머리통을 쥐어박고 차창 너머 아파트를 바라보았다. 해리가 살고 싶어 했던 아파트였다.

　서서히 정체된 차들이 움직이기 시작했을 때 사고 차량이 보였다. 차량의 앞 범퍼가 트럭 하부 밑으로 말려 들어가 있었다. 거기서 조금 더 갔을 때 하얀색 원피스를 입은 여자가 쇼핑백을 들고 병원으로 뛰어가는 게 보였다.

　유 회장은 자리에 앉아 각자 소개를 시켰다. 먼저 유 회장 오른편에 앉은 여자가 자신의 이름은 압구정이고 올해 나이는 70이라고 했다. 압구정에서 60년을 살다 와 닉네임도 그렇게 지었다고 했다. 곧이어 선글라스를 쓴 여자가 자기소개를 했다. 그녀는 클럽에서 가장 나이가 어린 30대 중반이었다.

선글라스의 인사가 끝나고 조금 전 유독 마틴을 빤히 쳐다본 여자가 일어났다. 여자의 이름은 루비통이었다. 루비통은 오프라인 모임에 처음 나왔다며 잘 부탁한다고 했다. 루비통이 앉자 여자들이 박수를 쳤지만 카미유는 뭐가 못마땅한지 몸을 틀었다. 이어 카미유와 해리가 인사를 했다. 다들 닉네임을 사용했는데 해리는 본명을 썼다. 유 회장은 클럽에 대한 전반적인 이야기를 마치고 주방 일을 돕는 여자를 불렀다. 카미유의 집에서 일하는 조선족 여성으로 이름은 천설화였다.

자기소개가 끝난 뒤 유 회장은 경매에 대한 기본 사항을 언급했다. 여기 모인 참가자들은 이미 낙찰이행보증금이 천만 원씩 통장에 납부되어 있다면서 경매 수수료는 낙찰자와 매도인이 각각 2퍼센트를 지불해야 한다고 했다. 이런 사항을 주지시킨 후 유 회장은 박수를 두 번 치고 자기야, 하고 경매사를 불렀다. 주방 왼쪽 방에서 저승사자처럼 검정색 옷을 입은 여자가 나와 마틴 뒤에 섰다. 여자는 자신을 경매사 김정미라고 소개했다. 감자꽃을 보며 가졌던 낭만적 기분은 사라지고 몸이 굳었다. 이제야 이곳에 팔리러 온 게 실감이 났다. 밖에서 개구리가 울었다.

─저는 경매만 20년 했습니다. 사람 빼고 다 팔아봤죠. 한데 이것만 성사시키면 사람까지 팔아본 첫 경매사가 될 거예요. 남편 경매를 진행해달라는 유 회장님의 의뢰를 받고 적잖이 당황스러웠지만 다른 일정을 취소하고 달려왔어요. 저의 이력을 빛나게 해줄 흥미로운 행사라 참여하고 싶었습니다. 가끔 저도 남편을 팔아버리고 싶을 때가 있거든요.

여자들이 웃음을 터뜨렸지만 마틴은 웃음이 나오지 않았다. 대체 무슨 죄를 지었다고 다들 남편을 파느니 마느니 난리를 친단 말인가. 경매사 남편도 사기를 당해 빚을 떠안은 것일까. 마틴은 마치 자신이 엄청난 대역죄를 짓고 이곳에 끌려 나와 여자들의 즉결심판을 기다리는 것만 같았다.

비참한 기분을 삭이려고 냅킨을 집었다. 접힌 부분을 펴자 A4 용지 절반만 한 크기가 되었다. 몇 번을 접고 펴서 가운데가 삼각형으로 튀어나온 배를 만들어 테이블에 놓고 입으로 불었다. 종이배는 테이블 위를 날아 맨 끝에 앉은 선글라스 앞에 떨어졌다. 선글라스가 입으로 후 하고 불었다. 수면 위로 튀어 오르듯 붕 떠오른 종이배는 날지 못하고 고꾸

라졌다. 이 시간이 끝나면 누군가에게 팔려 갈 거라는 생각에 초조해진 마틴은 계속 손을 움직여 배를 접었다.

—왜 이리 남편들은 나이를 먹을수록 애가 되는지 모르겠어요. 아침저녁으로 밥 챙겨줘야 하죠. 물도 따라줘야죠. 안 떠먹이는 게 다행이겠죠? 반찬 투정은 왜 그렇게 자꾸 하는지. 고기 안 주면 밥 안 먹겠대요. 그뿐이에요? 매일 같이 양말과 속옷도 못 찾아 챙겨줘야 하잖아요. 아휴 안 입혀주는 게 어디예요. 머리를 쥐어박고 싶을 때가 한두 번이 아니죠. 앗, 제가 너무 남편 흉을 봤군요. 이러면 안 되는데. 제 이야기는 여기서 마치고 경매 시작하겠습니다. 기본 원칙을 말씀드릴게요. 첫째, 반품이 되지 않습니다. 둘째, 환불도 안 돼요. 셋째, 애프터서비스도 안 됩니다. 여러분들 동의하시죠? 낙찰이행금들 내셨으니 잘 인지하고 계신 내용이라 믿고 오늘의 경매품을 소개해드리겠습니다. 출품 번호 1번 김마틴 씨입니다.

경매사가 짜잔 하고 손을 펼쳐 소개했지만 전시품이 된 것 같아 마틴은 꼼짝을 하지 않았다. 인사 좀 해달라고 애원해 어쩔 수 없이 일어났으나 시선을 어디에 둬야 할지 몰랐다. 호기심 어린 눈으로 바라보는 여자들이 민망하지 않도록 인사라도 할까 하다 그만두었다. 난데없는 물건 취급에

빈정이 상한 상황에서 뭐가 좋다고 인사까지 하나 싶어 그냥 자리에 앉았다. 여자들의 얼굴에 실망한 기색이 드러나는 걸 보고 경매사가 목소리를 밝게 해 분위기를 띄웠다.
　—김마틴 씨는 키가 적당하니까 고층아파트 로열층이라 할 순 없어도 반지하는 아니겠네요. 이 풍성한 머리숱 좀 보세요. 절대 지붕에서 비 샐 일이 없겠어요. 피부 하얗고 반질반질 좋은 거 보이시죠? 화사하게 새로 페인트칠된 외관이라 생각하면 딱이네요. 그렇다고 집을 외관만 보고 살 수 있나요. 지진 나도 끄떡없으리만치 튼튼한 구조물인지 확인해야죠. 마틴 씨 내부 골격도 얼마나 튼튼한데요. 제출한 건강검진 결과지만 봐도 그건 알 수 있죠. 마틴 씨를 미술품으로 비유하고 싶었지만 여러분의 이해를 돕기 위해 집으로 비유해봤어요.
　경매사는 마틴의 기본 정보도 알려주었다. 몸무게 80킬로그램에 키가 174센티미터인 대한민국 남자. 전문대졸. 출생지는 부천. 부천에서 태어나 한 번도 부천을 벗어나본 적이 없는 남자. 부천 남자라는 말에 여자들이 웃었다. 대학 때 익산에서 살았다고 이력을 피력하자 해리가 가만히 있으면 중간이라도 따라간다며 핀잔을 줬다. 좋은 모습을 보여 팔려야 할지, 안 좋은 모습을 보여 안 팔려야 할지 난감해하는데 해리가 마틴은 감자전을 심하게 좋아한다고 했다.

―심하게란 말은 부정적 표현이잖아. 난 그게 아니고 긍정적으로 좋아한다고.

마틴의 목소리가 컸던지 경매사가 제동을 걸었다.

―두 분 부부 싸움은 집에 가서 하시고. 의견 조율 안 됐으면 시간 드릴 테니 경매는 다른 날 다시 열까요?

해리가 고개를 젓자 경매사는 다시 활기차게 진행을 이어갔다.

―자, 김마틴 씨는 긍정적으로 감자전을 좋아한다고 하네요. 그것도 강판에 갈아 만든 감자전을요. 무엇보다 김마틴 씨는 한때 핸드볼 선수로 전국체전에 출전했다고 합니다. 이것만 봐도 여러분의 관심을 끌 만하죠. 스포츠맨은 언제 봐도 멋지잖아요. 실은 제 남편도 전직 농구 선수예요. 말만 하면 다들 알 만한 사람이죠.

아까보다 더 크게 손뼉을 치며 압구정이 관심을 표했다.

―이름이 뭔데? 궁금한 건 못 참는 성미라서.

―밝히는 건 곤란하고요.

―에이 말을 꺼내지 말든가. 남편 옆에 있으면 고목나무에 붙은 매미 같겠네.

―두말하면 잔소리죠. 그치만 그 고목나무가 되게 든든해

요. 하루 종일 매달려 있고 싶을 정도로. 자, 제 남편에 대한 관심은 끄시고 김마틴 씨에게 관심을 가져주세요. 핸드볼 선수도 얼마나 멋진데요.

마틴은 고개를 돌려 핸드볼 선수로 출전한 건 아니었다고 작은 목소리로 말했다. 경매사는 조금 짜증난 듯 매도인이 준 정보대로 소개한다고 했다. 해리가 또 주의를 준 탓에 더는 끼어들지 않고 냅킨을 집었다. 냅킨 아래 검정색 바탕에 금박으로 알파벳이 적힌 명함이 놓여 있었다. 냅킨을 내려놓고 명함으로 배를 접었지만 너무 작아 모양이 나오지 않았다. 그때 압구정이 집이라도 사러 온 것처럼 뭔가 하자가 있을 것 같다며 마틴에게 다가왔다. 해리가 나서서 보충 설명을 했다.

―하자라뇨? 이런 남편도 없죠. 흠이 없어 내놓기 아까울 정도니까요. 살림 잘하죠. 파김치도 맛깔나게 담그죠. 집 안 청소 먼지 하나 없이 깨끗하게 해치우죠. 그릇을 씻을 때도 세제가 남지 않게 마른행주로 싹싹 닦죠. 여자들이 하기 싫어하는 화장실 청소도 잘하죠. 어디 그뿐인가요. 씀씀이도 헤프지 않아요. 밖에 나가 술을 마시거나 담배를 피우지 않아 돈 들 일도 없죠. 사 가면 돈이 아깝지 않을 정도로 제 역할을 다할 겁니다.

2. 김마틴

해리가 온갖 미사여구를 갖다 붙이자 압구정이 혀를 찼다.

—그렇게 좋으면 데리고 살지 왜 팔아? 남편을 팔려고 너무 포장하는 거 아냐?

—포장이라뇨. 있는 그대로 보여주려고 이렇게 눈앞에 대령했잖아요.

—정말 흠이 없다고?

—딱히 없어요. 달팽이와 뱀을 싫어하긴 하지만 그건 흠이랄 것도 없고요. 굳이 찾는다면…….

사기당한 이야기를 할까 봐 긴장했으나 손해 볼 말을 할 리 없었다. 그런데 해리의 입에서 전혀 예상치 못한 말이 튀어나왔다.

—제 남편은 나르시시스트예요.

순간의 정적이 지나가고 압구정이 누구 알아들은 사람이 있냐는 표정으로 주변을 둘러보았다. 뭐? 뭐라고? 그게 뭐야? 당황하지 않고 해리는 차분하게 설명을 했다.

—제 남편은 자신을 너무 사랑해요. 햇빛에 피부 상할까 봐 늘 우산을 쓰고 다니거든요. 마트에 갈 때도 근린공원에 갈 때도. 그런 것 보면 좀 귀엽기도 하고. 우산을 들고 다니는 나르시시스트랄까요. 휴대폰 배경 화면도 자기 사진을 깔았어요. 이런 남자 세상에 없죠.

얼토당토않은 말에 웃음이 나왔다. 언제 자신이 나르시시스트가 되었는지 알 수 없었다. 파김치 담그는 나르시시스트 봤냐고, 설거지하다 주부습진 걸렸는데 무슨 나르시시스트냐고 빈정대자 해리의 얼굴이 일그러졌다. 여자들도 이구동성으로 그 정도면 나르시시스트는 아니라고 마틴 편을 들어주었다.

—연못에 비친 자신의 얼굴을 보고 반했다는 그 남자라는 거잖아. 죽어서 수선화로 피어났다는…….

휴대폰 검색으로 정보를 알아낸 압구정이 호기롭게 말했다. 맞아요 할머니, 하고 마틴은 맞장구를 쳐줬다. 할머니라고 부르지 말라면서 압구정은 마틴의 어깨에 손을 올리고는 일어나 보라고 했다. 명령조의 말투가 거슬려 일어나지 않았다.

—키가 얼마나 큰지 몸이 얼마나 좋은지 봐야지.

—방금 경매사가 말해줬잖아요.

—내 눈으로 직접 봐야지. 귀로만 들어서는 잘 모르겠어. 물건을 제대로 보고 사야 할 거 아냐.

—물건이라뇨.

—얼른 일어나 봐. 얼마나 튼실한지 보게.

어깨를 툭 치며 재촉했지만 마틴은 하라는 대로 하지 않고 버텼다. 사기 싫으면 안 사면 되지 왜 귀찮게 이것저것 시켜요? 내가 언제 사기 싫다고 했나? 지금 사려고 이러는 거잖아. 할머니가요? 왜 할머니가 사면 안 돼? 그래도 꼼짝을 않자 해리가 마틴의 팔을 잡아 일으켜 세웠다. 그래, 그렇게 해야 착한 남편감이지. 난 말 안 듣는 남자는 싫단 말이야. 저도 할머니처럼 말 많은 여자는 싫어요. 압구정이 얼굴을 찌푸렸다. 할머니라고 부르지 말랬지. 압구정 님, 하고 불러봐 어서. 부르지 않자 압구정은 오른손을 들어보라고 했다. 이번에도 마틴은 꼼짝을 하지 않았다.

보다 못한 해리가 마틴의 오른손을 잡아 들어 올렸다. 뻣뻣하게 굴지 말고 보는 사람들 생각해서 눈치껏 좀 해. 그게 뭐 어려운 거라고. 설마 할머니가 당신을 사겠어? 눈 시퍼렇게 뜨고 자신을 지켜보는 여자들을 의식하란 말이었다. 해리는 귓속말로 속삭이며 마틴의 왼손마저 억지로 올렸다 내렸다 했다. 앉았다 일어서는 걸 두 번이나 시킨 뒤에도 압구정은 몸을 돌려봐라, 턱을 쳐들어보라며 이것저것을 요구했다. 마리오네트 인형처럼 마틴은 자신의 몸을 해리의 손에 맡긴 채 움직였다.

─외모도 좋고. 피부는 여자보다 투명하네. 무엇보다 튼실한 팔뚝과 허벅지가 맘에 들어. 뭐니 뭐니 해도 남자는 힘

이니까. 참 달팽이와 뱀을 싫어한다고 했지? 나랑 살면 달팽이 걱정은 하지 마. 난 손으로 다 때려잡거든. 뱀은 나도 무서워.

이번엔 손가락을 펴보라고 했지만 못 들은 척 마틴은 가만히 있었다. 해리가 옆구리를 찌르고서야 어쩔 수 없이 손가락을 폈다. 그 손가락을 압구정이 낚아채듯 잡아 벽에 걸린 액자를 가리키며 읽으라고 했다. '결혼생활의 행복'이라고 쓰여 있다고 하자 압구정은 그 옆의 것도 가리켰다. 그 옆에는 '부부일심동체'라고 쓰여 있었다.

―시력은 좋군. 저 글씨가 보이는 걸 보니. 머리카락도 좀 들쳐 볼게. 염색을 한 건지 안 한 건지 뿌리를 보면 알거든.

압구정은 마틴의 머리카락 속으로 손을 쑥 집어넣어 헤집었다. 뱀이 머리에서 기어다니는 것 같아 압구정의 손을 밀어냈다.

―뿌리가 시커먼 것 보니까 염색은 안 했네. 탈모도 없고. 치아 상태도 봐야겠는데. 입 좀 벌려봐.

실험 대상이 된 것 같아 신경질적인 반응을 보였지만 압구정은 아랑곳하지 않고 금니가 있나 본다며 턱 밑까지 다가왔다. 마틴은 한 발 물러나 금니도 없고 임플란트도 없다고 답했다. 입을 벌리게 하진 못했으나 구취가 나지 않는다는 사실에 은근히 만족하는 눈치였다.

―고혈압이나 속병이 있는지도 궁금해. 클럽에 올린 건강 진단서를 보면 고혈압이나 당뇨는 없지만 한 번 더 체크해야지. 현재로는 멀쩡한데 정신병이 있을 수도 있고. 경매에 나온 집도 함부로 사면 안 되잖아. 등기부등본 확인하는 것처럼. 사람 또한 겉모습만 보고 사면 안 되지. 아차, 내가 이것저것 신경 쓰다 중요한 걸 빼먹었네. 팔뚝 좀 만져보자.

거부할 틈도 없이 압구정은 수갑을 채우듯 두 손으로 마틴의 팔뚝을 움켜잡았다. 자신보다 팔뚝이 두 배는 굵다고 좋아했다.

―이런 팔뚝이면 무거운 거 잘 들겠다. 나도 번쩍 들고.

―생활 근육이죠.

근육 칭찬에 마틴은 팔리러 나온 걸 잊고 자기 자랑을 늘어놓았다. 집안일은 반복적인 게 많았다. 팔을 써서 밥하고 설거지하고 청소하는 걸 하루도 빠지지 않고 하다 보니 팔뚝이 굵어졌다. 굳이 돈 들여 운동하러 갈 필요가 없었다. 살림남이라고 떠벌리며 반찬도 잘 만든다고 자랑하자 압구정은 마음에 들어 하는 눈치였다.

―생활 근육 인정. 근데 정말 흠이 나르시…… 머시기 그것밖에 없을까. 흠…… 밤일을 못하는 거 아니야?

꼬투리를 잡으려고 압구정은 마틴의 몸을 위아래로 훑고는 입이라도 맞출 듯 얼굴을 들이밀었다.

―자꾸 제 몸에 손대고 성적인 수치심을 느끼게 말하는 거…… 그거 성희롱이에요.

―사실을 확인하자는 거지 이게 무슨 성희롱이야? 아니면 아니라고 말하면 되잖아. 잘한다고, 밤일 잘한다고 말하면 되잖아. 왜 말을 못 해?

―아니 이 할머니가 그래도.

―할머니라고 부르지 말랬지.

―잘해요 잘해. 마틴은 다 잘해요.

해리가 압구정의 말을 자르고 지원군처럼 옆에 와서 섰다.

―다 잘하니까 걱정하지 마세요. 하자 없이 일 잘하는 남자예요, 마틴은.

―그래? 낮일도 잘하고 밤일도 잘하고 거기다 집안일도 잘한다? 그럼 최상품이니 내가 꼭 사야겠네. 아니, 잠깐만. 집안일을 매일 다 해준다고? 무슨 남자가 그래? 남자가 일하고 들어와서 집안일까지 하는 게 쉬운 게 아닌데. 무슨 일을 하길래. 그러고 보니 직업을 안 물어봤네. 저기 경매사, 왜 직업은 안 알려줘? 이 남자 직업이 뭐야?

―잠깐만요. 직업이…… 제가 찾아볼게요. 직업이 뭘까

요? 그러게요. 이상하네요. 제가 받은 정보에는 직업이 기재되어 있지 않네요.

—뭐야 직업이 없는 거야? 집에서 노는 거야? 무직이야?

—무직이라뇨. 제 직업은 살림남이에요.

마틴이 발끈했다.

—살림남 좋네. 살림에 푹 빠져서 나르시시스트가 된 거야? 나르시시스트가 된 이유가 뭔데.

어떻게 말하는 게 가장 효과적일지 고민하다 회사 이야기를 꺼냈다. 회사를 그만두고 살림을 하게 된 건 선배 때문이었다. 다니던 보험회사에서 고등학교 선배가 법인카드를 유흥업소에서 사용한 게 감사에 걸렸는데 징계위원회에 회부된 건 마틴이었다. 선배의 강압에 법인카드를 사용한 걸로 뒤집어쓴 것이다.

심사 기간 동안 마틴은 대기 발령 상태가 되었다. 선배가 뒤를 봐줄 테니 걱정 말라면서 오사카 힐튼호텔 숙박권을 찔러주며 당분간 쉬고 있으면 복직시켜주겠다고 했다. 일본 여행은 처음이라 신이 나서 선배의 말만 믿고 오사카로 날아갔다. 뜻밖에 얻은 휴가로 렌트한 차를 몰고 맛집을 순례하면서 꿈같은 시간을 보냈다. 그리고 마지막 날에 카스텔라를 먹고 고베항 스타벅스에 앉아 바다를 보며 커피를 마시는데 선배에게 전화가 왔다.

반가운 마음에 휴대폰을 들고 나가 전화를 받았다. 선배는 법인카드 사용은 자신과 관련 없고 마틴의 문제로 판가름 나 해고 결정이 내려졌다고 했다. 말도 안 된다고 소리쳤지만 선배는 침묵으로 일관했다. 끓어오르는 화를 참지 못하고 마틴은 휴대폰을 던졌다. 포물선을 그리며 날아간 휴대폰은 소리도 없이 바닷속으로 가라앉았다. 휴대폰을 찾아 바닷속으로 들어갈 것처럼 미친 듯이 고베항을 걸어 다니다 호텔로 갔다. 뜬눈으로 밤을 지새우고 김포행 비행기를 탔다.

김포공항에서 내리자마자 회사로 찾아갔으나 선배는 만나주지 않았다. 회사 동료들과 마주치자 행여 불똥이 튈까 봐 다들 못 본 척 눈길을 피했다. 회사를 나와 마틴은 정문 앞에서 선배가 퇴근할 때까지 기다렸다. 여섯 시가 넘자 사람들이 우르르 나왔지만 선배는 보이지 않았다. 하룻밤 자고 또 회사로 가서 퇴근 시간까지 선배를 기다렸으나 만나지 못했다. 다음 날도 마찬가지였다. 일주일 동안 회사 앞을 서성인 끝에 겨우 선배를 만났다. 선배는 앞으로도 계속 따라다니면 스토커로 고소하겠다고 경고했다.

집에 돌아와 거울에 얼굴을 비췄다. 선배 때문에 10년은 늙은 것 같아 손바닥으로 따귀를 때렸다. 시뻘게진 뺨을 보면서 자신을 사랑하겠다는 다짐을 했다고 하자 여자들이 손뼉을 쳤다.

―자자, 여러분. 본인 요청에 따라 김마틴 씨의 직업을 살림남으로 수정합니다. 요즘 세상에 남녀 구별이 어디 있겠어요. 집안 살림도 엄연히 직업이 될 수 있죠. 2008년 영국에서 가정주부의 가사 노동 가치를 월급으로 환산해 연봉을 계산했더니 5천5백만 원이 넘는다는 연구 결과도 있었어요. 그게 벌써 10년도 넘었으니 가사 노동 가치는 더 뛰었겠죠. 다들 한살림 하시는 분들이니 이해하실 거라 믿고 본격 경매에 들어가겠습니다. 시작가는 1억입니다. 1억부터 출발하겠습니다.

긴장한 마음을 숨기려고 마틴은 창밖으로 시선을 돌렸다. 파도처럼 감자꽃들이 흔들리면서 거실로 밀려 들어올 것 같았다. 감자밭에서 괭이로 풀을 매는 남자가 세상 편해 보였다. 남자는 이곳에서 무슨 일이 벌어지는지 알고 있을까.

―만 5천 원.

말도 안 되는 몸값을 불러 마틴은 압구정을 노려보았다. 시작가가 1억임에도 불구하고 만 5천 원을 부른다는 게 도무지 납득되지 않았다. 삼겹살 1인분 값도 안 된다고 하자 압구정이 어깨를 으쓱했다.

―살림하는 남자라 그런지 물가를 잘 아네. 좋아, 그럼 내가 인심 한번 쓸게. 3만 원. 삼겹살 1인분 값은 넘겠지?

―이건 삼겹살 경매가 아니라고요.

뜬금없이 삼겹살값으로 실랑이를 벌이는 동안 루비통이 단번에 1억을 불렀다. 모든 시선이 루비통에게 쏠렸다. 루비통은 사람 몸값으로 장난쳐선 안 된다고 했다.

―좋아요, 바로 이거죠. 이보다 더 높은 가격으로 사실 분 있으면 손을 들어주세요. 네, 카미유 님이 대항하듯 1억 50 제시했습니다. 오케이 루비통 님, 1억 70 나왔습니다. 또 다른 분?

압구정은 표정을 일그러뜨리고 1억 73만 원을 불렀다. 곧바로 루비통이 1억 백만 원을 부르기 무섭게 카미유가 50을 더 얹었다. 압구정은 또 3만 원을 올렸다. 세 여자가 경쟁적으로 호가를 부를 때마다 경매사는 상황을 정리하고 오른손을 들어 분위기를 끌어올렸다. 순식간에 몸값은 1억 4천을 찍었다. 시작가를 올리지 않은 게 후회될 지경이었다.

쑥쑥 올라가는 몸값에 팔리러 나온 것도 잊고 마틴은 여자들을 관찰했다. 가장 눈길이 간 것은 선글라스였다. 가격 경쟁에 끼어들지 않고 관조하는 게 보기 좋았다. 선글라스를 끼고 있다는 것도 묘한 호기심을 불러일으켰다. 이곳에

잠입한 여형사일지 모른다는 생각도 했지만 그런 일은 영화에서나 있을 법한 것이었다.

두 번째로 눈길이 간 것은 루비통이었다. 마틴이 들어섰을 때 아는 사람을 본 것처럼 놀라던 모습이 머릿속에 맴돌았다. 눈빛이며 얼굴 생김새가 이지적으로 보이는 여자였다. 물론 가장 미모가 뛰어난 카미유에게도 관심이 갔지만 그녀는 애초에 자신과는 다른 세계의 사람이었다. 돈을 주지 않아도 얼마든지 다른 남자를 만날 수 있는 여자가 왜 돈을 내고 자신을 사려는지 알 수 없었다.

마틴은 사과즙으로 목을 축이고 조용해진 루비통을 바라보았다. 루비통은 더는 경매에 뛰어들지 않고 포크로 머핀을 쪼개고 있었다. 그 틈에 카미유가 1억 6천9백을 부르자마자 압구정이 1억 6천9백3만 원으로 맞불을 놓았다. 이에 질세라 카미유가 1억 7천을 불렀다.

—왜 내가 가격을 올리면 시비 걸듯 올려?

압구정이 카미유를 향해 삿대질을 했다.

—제가 뭘 시비를 걸었다고 그래요. 상대 눈치 보며 자신이 원하는 가격을 부르는 게 경매잖아요. 두뇌 싸움이라고요. 까놓고 말해 할머니가 젊은 남자를 사서 어떻게 감당하려고요?

─그걸 왜 당신이 걱정해?

─돈도 나이도 생각하셔야죠. 둘 다 저한테 안되는 거 같은데.

카미유의 말대로 저 나이에 남자를 사서 어쩌겠다는 건지 마틴은 알 수 없었다. 나이도 먹을 만큼 먹은 여자가 이곳에 왔다는 것도 이상했다. 그때 루비통이 자리에서 벌떡 일어나 여자들을 둘러보았다.

─우리가 지금 여기 모여 돼지 경매를 하는 건가요? 남편을 구하러 온 거잖아요. 여러분은 어떤지 모르겠지만 저는 사랑할 사람을 찾으러 왔단 말이에요. 돼지나 노예를 구하러 온 게 아니라고요. 어떻게 돈으로만 구매자를 결정하려 하죠? 돈이 부족해도 더 많이 사랑해줄 수 있는 사람이 있다면 그 사람이 구매하도록 해야 한다고 생각해요. 돈의 노예처럼 돈으로만 결정하지 말고 지성인답게 대화로 결정하는 경매를 기대했는데 도저히 못 봐주겠네요.

─지성 좋아하네. 머핀을 까마귀처럼 쪼아놓으면 그건 지성인이냐?

압구정이 그녀를 비아냥댔다. 아닌 게 아니라 접시에는 모래알처럼 쪼개놓은 머핀이 흩어져 있었다.

─돈이 부족해 경매 포기하고 머핀 쪼갠 거 내가 다 아는

데 사랑 타령은……. 여기서 깽판 치지 말고 돈 없으면 집에 가서 드라마나 보라고. 거기 당신이 좋아하는 사랑 타령 많이 나오니까.

압구정에게 대들지 못하고 루비통은 몸을 휙 돌렸다. 그러고는 포크로 찌를 듯 하필 마틴에게 다가왔다. 마틴은 손을 뻗어 가까이 못 오게 제지했다. 포크가 손등을 아슬아슬하게 비껴갔다.

―마틴 씨, 돈 몇 푼 더 주는 사람한테 팔려 간다고 뭐가 좋겠어요. 당신을 행복하게 해줄 수 있는 사람을 선택해야죠. 당신을 사랑해주고 당신이 사랑할 수 있는 사람을 선택해야죠. 당신은 인간 돼지가 아니잖아요. 자유의지가 있는 인간이라고요. 인간은 이성에 따라 선택할 수 있는 능력이 있다고 칸트는 말했고, 데카르트는 자유의지를 통해 자신의 행동을 선택할 수 있다고 했어요. 그리고 하이데거는…….

―데카르트 같은 소리 한다. 그렇게 철학적인 인간이 여길 왜 와.

하이데거까지 들먹였지만 압구정은 철학 이야기는 그만하라고 제지했다. 화가 난 루비통은 사람을 무시하면 비밀 클럽을 사회에 알리겠다고 경고했다.

―사회정의를 위해 여기서 무슨 일이 벌어지는지 온 세상

에 까발릴 거예요. 남편을 사고팔다니. 상식도 없고, 양심도 없고, 도덕도 윤리도 없고. 인간으로서의 품위와 존엄도 없이 돈이면 다 되는 줄 아는 당신들을 고발할 거라고요.

─원더우먼 나셨네.

─원더우먼이 되지 말라는 법도 없죠. 원더우먼은 영화 속에만 존재하는 게 아니에요. 제가 이 비밀 클럽을 사회에 알릴 원더우먼이라고요.

루비통은 포크를 내려놓고 압구정의 얼굴에 휴대폰을 들이댔다. 갑작스러운 행동에 놀란 압구정이 몸을 피하자 테이블에 둘러앉은 여자들을 찍었다. 여자들이 우르르 일어나 루비통 뒤로 달려가 숨었다. 마틴도 동영상에 찍힐까 봐 여자들과 함께 움직였다. 정의도 좋지만 돈을 못 벌어 팔려 나온 사실이 까발려지는 건 싫었다. 은퇴하고 시골에 내려가 조용히 사는 부모님이 이 사실을 알면 심근경색을 일으킬 일이었다. 마틴을 그닥 좋아하지 않는 형도 놀랄 건 뻔했다. 애석해하는 가족과 달리 친구들은 일 안 하고 놀 때부터 알아봤다며 고소해할 것이다.

그렇다면 양재는 어떤 반응을 보일까. 루비통이 다시 동영상을 찍을 때 마틴은 두 손으로 휴대폰을 막았다. 찍지 마세요. 제발 찍지 말라고요. 초상권 침해예요. 하지만 루비통은 막무가내였다.

―마틴 씨, 전 우리 사회의 정의 구현을 위해 이러는 거예요. 비윤리적이고 속물적인 사람들에게 경종을 울리기 위해 이러는 거라고요. 여기 나와 고통받고 있는 당신을 위해서도.

눈물이 핑 돌 정도로 감동스러운 말이었지만 동조할 수 없었다. 남편 경매 동영상이 퍼지면 자신의 인생은 끝장나기에 유 회장에게 도움을 청했다. 유 회장은 여자들 틈에서 나와 담배를 입에 물고 불을 붙여 한 모금 빨았다.

―좋아, 자기야. 동영상 퍼뜨리려면 퍼뜨려. 뉴스에 제보를 하든, 경찰에 신고를 하든 맘대로 해. 나도 자기를 개처럼 물고 늘어질 거야.

유 회장이 휴대폰을 꺼내 루비통 얼굴에 들이밀었다. 휴대폰 화면 안에서 녹음 앱이 돌아가고 있었다. 왼쪽 손가락에 낀 담배에서 재가 떨어진 것도 모르고 유 회장은 단호하게 말했다.

―내 첫 경매 모임을 이렇게 파투내다니. 나도 비밀 클럽의 정의 구현을 위해 여기 녹음된 자기 목소리를 까발릴 거야. 조금 전까지 목청껏 호가를 부르며 남자를 사려고 했다는 걸. 물론 자기가 클럽에 쓴 댓글도 캡처해 폭로할 거고. 이제 자기 얼굴도 찍어볼까?

휴대폰을 들이대고 유 회장은 촬영을 하기 시작했다. 당황한 루비통이 한 손에는 휴대폰을 든 채 다른 한 손으로 얼굴을 가렸다. 서로 총을 겨누듯 두 사람은 각자의 휴대폰을 상대를 향해 내뻗고 빙글빙글 돌면서 촬영했다. 루비통이 손을 움직일 때마다 마틴은 동영상에 찍히지 않기 위해 반대 방향으로 뛰어갔다. 경매사도 얼굴이 찍힐까 봐 고개를 돌리고 손에 든 망치를 숨겼다.

―저기 머핀도 찍어. 루비통이 쪼개놓은 거니까. 영상 밑에 자막도 넣어줘. 루비통의 비윤리적인 짓이라고.

유 회장은 머핀을 찍고 먹살이라도 잡을 듯 루비통에게 다가갔다. 카미유가 유 회장을 밀어내고 루비통의 귀에 속삭였다.

―당신이 누군지 내가 모른다고 생각하나? 여기가 어디라고 얼굴을 들고 와?

뒤에 있던 마틴에게만 들릴 만큼 작은 소리였다. 곧바로 카미유가 현관으로 가서 문을 열 때까지 루비통은 얼음처럼 서 있었다. 이게 무슨 상황인가 하고 다들 어리둥절해 있는데 루비통이 휴대폰을 쥔 손을 내리고 현관문으로 걸어갔다. 카미유가 앞을 가로막고 동영상을 지우라고 하자 루비통은 즉석에서 없애고 나갔다. 마틴은 이 상황을 한 방에 정리한 카미유가 원더우먼처럼 보였다. 경매사는 여자들을 자리에 앉히고 다시 분위기를 띄우며 더 높은 금액을 제시할 사람을 찾았다.

―1억이 넘는 돈을 주고 누가 저런 남자를 사요. 제가 보기에 별다른 매력도 없는데.

그 말을 듣는 순간 선글라스에 대해 가졌던 환상이 단번에 깨졌다. 모욕당했다는 느낌에 포크를 쥔 손에 힘이 들어갔다.

―제가 왜 매력이 없습니까. 학교 다닐 때부터 매력덩어리로 불렸습니다. 한번 핸드볼공을 잡으면 상대 팀 수비수 다섯을 제치고 슛으로 연결시킨 인물이라고요 내가. 백전백승. 그 귀한 몸으로 전국체전에 나가 금메달까지 땄다 이 말입니다. 잘나가는 핸드볼 선수였다고요.

코를 납작 눌러주고 싶어 마틴은 클럽에 올린 거짓 정보를 진짜처럼 이용했다. 한술 더 떠 금메달을 딴 핸드볼 선수라고 허풍도 떨었다. 별다른 매력도 없는 남자라고 무시한 것에 대한 소심한 분노였지만 선글라스는 가차 없이 비수를 날렸다.

―집 안에서 처치하기 힘드니까 데리고 나온 것 아니겠어요? 이런 자리까지 나온 남편이라면 무슨 매력이 있겠냐고

요. 신상도 아니고 말 그대로 중곤데. 아무리 아름답게 포장해도 이미 사용한 물건이죠.

마틴이 발끈했지만 선글라스는 눈 하나 깜짝하지 않았다.

―팔 것도 없이 이혼하면 되는데 왜 파는지 모르겠어요. 이혼하면 구차하게 이럴 필요도 없을 텐데.

그 말에 찔려 해리를 쳐다보았다. 해리도 찔렸는지 서둘러 눈길을 피했다.

―채팅방에서 지금 남편 팔아 새 남편 사고 싶다고 한 게 누군데. 두꺼비 집이냐? 헌 남편 줄게 새 남편 달라게?

압구정이 직격탄을 날려 후련했으나 선글라스가 한 말이 귓가에 맴돌았다. 그녀의 말대로 집 안에서 처리하기 힘들어 데리고 나온 거니까. 신상도 아니고 중고라는 말 역시 맞았다. 팔고 자시고 할 것 없이 이혼하면 될 일이었지만 위자료라도 받으려고 나온 것이다. 선글라스는 여기 나온 물건이 처진다면서 접시에 놓인 머핀을 집어 들고 밖으로 나갔다. 왜 해리가 새로 산 셔츠를 입혀 포장하려 했는지 비로소 이해가 갔다.

다시 경매가 이어지자 카미유가 가격 경쟁을 주도했다. 압구정이 가격을 올리면 곧바로 더 높은 금액을 불렀다. 호가를 부를 때마다 탁구공이 된 것처럼 양쪽을 번갈아 주시했지만 시간이 갈수록 압구정의 기세가 만만치 않아 긴장이 됐다.

—1억 9천 나왔습니다. 2억. 2억 나왔습니다. 압구정 님이 현재 최고가를 불렀습니다. 카미유 님 어떻게 하시겠어요? 현재 마틴 씨 몸값은 시작할 때보다 두 배 뛰었습니다. 이런 기세면 압구정 님이 살 것 같은데요?

—어, 이건 아닌데.

탕, 하고 귀청을 찢는 총소리가 났다. 여자들이 일제히 비명을 지르고 일어나 자신의 몸을 허겁지겁 살폈다. 총상의 흔적은 보이지 않았다. 안심한 듯 여자들은 얼굴을 매만진 뒤 옆 사람의 팔이며 어깨, 가슴팍까지 더듬어 확인했다. 마틴도 겉으론 태연한 척했지만 심하게 놀라 몸 구석구석을 더듬었다. 차를 몰고 오던 중 군부대 사격 훈련장을 본 게 떠올랐으나 이건 그곳에서 들려오기엔 소리가 너무 컸다. 팔리기도 전에 탈영병이 쏜 총에 맞아 죽는 상상을 하는데 카미유가 말했다.

—꿩 사냥하는 총소리예요.

산이 깊어 꿩과 멧돼지가 많다고 했지만 믿기지 않아 주방 통유리창으로 총소리가 난 뒷산을 바라보았다. 다시 한 번 총소리가 났다. 상수리나무 가지에 내려앉은 햇빛이 산

산조각 나면서 꿩이 날아올랐다. 마틴은 총소리가 점점 가까워지길 바랐다. 총소리에 겁먹은 여자들이 경매를 포기하고 줄행랑치길 기대했지만 그런 일은 일어나지 않았다. 우여곡절 끝에 경매가 재개됐으나 2억을 뛰어넘는 호가가 나오지 않아 경매사는 오른손을 들어 올렸다.

─제가 호가를 세 번 외치고 나면 낙찰되겠습니다. 자, 2억에 낙찰입니까? 2억, 다시 한번 확인합니다. 2억, 더 이상 없으면 낙찰됩니다. 낙찰! 축하드립니다. 김마틴 씨는 압구정 님에게 낙찰되었습니다.

이건 아니라고 중얼거리는 사이 경매사가 망치로 테이블을 쳤다. 젊은 여자에게 팔릴 줄 알았지 나이 든 여자에게 팔릴 줄 몰랐기에 마틴은 멍했다. 겨우 정신을 차리고 해리에게 다시 경매를 하라고 다그쳤다. 내가 할머니에게 팔렸으면 좋겠어? 아까 당신도 할머니가 살 일은 절대 없을 거라고 했잖아? 아무리 그래도 이건 아니지. 해리를 팔아버리고 싶은 충동에 사로잡혀 있는데 압구정이 구매를 일주일 뒤로 미뤘다.

─마틴을 데려가면 남편이 둘이 돼.

남편이 있는데도 남자를 사는 것에 놀랐지만 일단 할머니에게 팔리지 않았다는 점에 마틴은 안도했다. 하지만 그런

안도감은 오래가지 않았다. 경매사가 구매를 포기하면 낙찰이행보증금이 날아간다고 하자 압구정은 포기하겠다는 게 아니라 일주일만 미루는 거라고 했다. 그사이 남편을 설득해 셋이 사는 방향으로 모색하겠다는 것이다.

해리는 압구정의 제안을 거부하고 두 번째 높은 금액을 제시한 카미유에게 기회를 줬다. 카미유는 애초에 구매할 마음도 없는 사람이 가격을 높인 거라 그 금액으로 낙찰받는 건 부당하다고 했다. 압구정이 어떤 반응을 보일지 초조하게 지켜보는데 경매사가 오른손을 활짝 펼쳤다.

―김마틴 씨는 유찰되었습니다. 따라서 다음 경매 땐 20퍼센트 내려간 8천만 원으로 시작가가 조정됩니다.

안도의 숨을 내쉬는 찰나 해리가 경매사의 말에 반발했다. 압구정이 고의적으로 유찰시켰기에 낙찰이행보증금 몰수는 물론 패널티를 부여해 다음 경매 땐 배제하라고 압박했다. 구매를 미룬 거지 포기한 게 아니라고 했지만 해리는 다음번에도 유찰시켜 가격을 다운시키려는 꼼수라고 맹비난했다.

보다 못한 유 회장이 클럽만의 경매 규칙을 정하자고 중재에 나섰다. 지난번엔 해리가 거래를 취소했고 이번엔 압구정이 취소했으니 피장파장이라 치고, 일주일 후 2차 경매를 진행하자고 했다. 낙찰이행보증금은 몰수하지 않는 대신 시작가를 20퍼센트 늘려 1억 2천으로 하는 것이었다.

  해리가 중재안을 받아들이고 차에 타자 카미유는 사과즙을 챙겨주며 밖에서 따로 보자고 했다. 카미유는 고개를 끄덕이는 해리에게 사과즙을 한 박스 더 줬다. 이내 마틴은 차를 돌려 마당을 빠져나갔다. 농막에서 나온 남자가 감자밭 가장자리를 따라 걸어오는 게 보였다. 저 남자는 누굴까. 단순한 일꾼일까. 아니면 팔려 온 남자일까.

  집에 도착하자마자 우산을 세워놓고 식탁에 앉았다. 아주 긴 일요일 오후였다. 잠시 다른 세계에 갔다 온 기분이 들었다. 그곳은 남자들이 없는, 여자들만 있는 세상이었다. 사실 압구정에게 팔리는 줄 알고 식겁했다. 그런데 한편으론 그게 더 낫겠다는 생각이 뒤늦게 들었다. 할머니가 죽으면 그 재산이 자신의 것이 될 테니까. 해리도 같은 생각을 했다고 하자 우리가 부부 사기단 같았다.

  마틴은 땅콩을 입에 넣고 가로등 불빛 아래서 시소를 타는 노부부를 응시했다. 뭐가 그리 재밌는지 할머니의 얼굴에 미소가 어렸다. 등을 돌리고 앉은 할아버지 얼굴은 보이지 않아도 미소가 어렸다는 걸 알 수 있었다. 두 뼘쯤 열어놓은 창문으로 노부부의 웃음소리가 들렸다. 시소에서 내린 할아버지가 할머니 손을 잡고 놀이터를 나와 교회로 갔다. 마틴은 식탁에서 일어나 사과즙 두 박스 중 하나를 냉장고 야채칸에 쏟아부었다. 자투리 반찬은 한곳에 모으거나 버리고 냉장고를 정리했다. 오래되면 뭐든 썩기 마련이었다. 냉장고를 정리하고 났을 때 소파에 있던 해리가 내일 카미유가 우리 동네로 온다고 했다.

─카미유는 마음에 들어? 경매 중간중간 바라보던데.

─오버하지 마. 그 여자가 이상하리만큼 자꾸 쳐다봐서 본 거뿐이야. 어디서 본 것 같아서. 하얀색 원피스도 그렇고.

─나도 낯이 익은 거 같긴 한데.

─그녀는 왜 날 사려는 거야?

─죽은 남편을 닮아선가 봐.

─지독하게 죽은 남편을 사랑했나 보네. 근데 닮은 사람하고 또 살면 지겹지 않나?

─낸들 알겠어. 암튼 이젠 압구정 할머니는 잊고 카미유와 잘해보자고. 밖에서 만나자고 한 걸 보면 당신이 맘에 든다는 건데 얼마나 들고 올까.

─내가 불쌍하지도 않아?

─불쌍해서 이러는 거야. 당신에게 조금이라도 더 위자료

주려고.

　마틴은 해리를 쏘아보고 작은방으로 들어가 맨바닥에 누웠다. 몸도 피곤하고 마음도 피곤한데 잠이 오지 않았다. 하얀색 원피스와 풍성한 머리카락을 어디서 봤는지 떠올렸지만 기억이 날 듯 말 듯하다 나지 않았다. 창문 위로 달이 떠오르고 있었다. 마틴은 두 팔을 쭉 펼쳐 둥그런 달을 끌어안았다.

3. 카미유

죽은 남편이 사준 하얀색 원피스를 입었다. 하얀색 원피스를 입을 때면 처음 조각을 배울 때의 열정이 되살아나 무엇이든 다 할 수 있을 것 같았다. 얼마 만에 느껴보는 열정인지 몸 안에서 다시 뜨거운 피가 솟구쳐 올라 카미유는 핸드백을 끼고 현관 밖으로 나갔다. 찢어진 솜사탕 같은 먹구름이 감자밭에 그림자를 만들며 지나갔다. 마당에 세워둔 폭스바겐을 몰고 나가다 브레이크를 잡았다.
―감자밭에서 나온 돌 길가에 놓지 말라니까.
차창을 내리고 밭을 매는 남자에게 소리쳤다. 카페인 줄 알고 들어오는 차들을 막느라 진입로 한쪽에 돌을 놓았지만 드나들 때마다 매번 피하느라 번거로웠다. 브레이크에서 발을 떼고 액셀을 밟는데 돌무더기 속에서 뱀이 머리를 내밀었다. 깜짝 놀라 소리를 지르자 남자가 헤헤 웃었다. 뱀이 돌무더기 속으로 들어가는 걸 보고 카미유는 도로로 나가 우회전을 했다.

저수지에는 물새 한 마리가 외롭게 떠 있었다. 혼자 있는 게 가여워 경적을 눌렀지만 누군가가 수면에 꽂아놓은 듯 물새는 날아가지 않았다. 늘 같이 헤엄치는 물새는 잠시 외출한 모양이었다. 작품이 잘 안될 때면 남편은 이곳까지 걸어와 물새를 바라보았다. 지금쯤 남편은 물새가 되어 저 하늘에 있는 저수지에 내려앉았을까.

저수지를 지나자 K2 소총을 메고 군가를 부르며 사격 훈련장으로 가는 군인들이 보였다. 얼마나 들었는지 이젠 외워버린 군가를 따라 부르며 액셀을 밟았다. 한 시간 반을 달려 부천 현대백화점까지 갔다. 그곳에서 외곽으로 20여 분을 더 달리자 녹음이 우거진 근린공원이 나왔다. 공원 옆으로 건물 1층에 있는 투썸플레이스가 보였다. 주차장에 차를 세우고 안으로 들어갔다.

창가 테이블에 마틴이 혼자 앉아 있었다. 지난번처럼 파란색 셔츠를 입고 있어 죽은 남편이 살아 돌아온 것처럼 가

숨이 벌렁거렸다. 카미유는 화장실에 들어가 벌렁거리는 가슴을 가라앉히고 풍성한 머리카락을 다듬었다. 남자에게 잘 보이기 위해 머리를 틀어 올리는 게 얼마 만인지 몰랐다. 손가락에 묻어난 머리카락을 떼고 손을 씻은 후 밖으로 나갔다. 목례를 하고 마틴 앞에 앉아 무릎에 핸드백을 올려놓았다. 투썸은 바닐라라테가 별미라며 마틴이 두 잔을 사 와 한 잔을 줬다. 라테는 거들떠보지도 않고 카미유는 셔츠만 바라보다 웃음을 터뜨렸다.

―또 그 셔츠를 입고 오셨네요.

마틴은 머리를 긁적이더니 해리는 조금 늦는다고 했다. 카미유는 마틴이 어떤 성격의 소유자인지 궁금했다. 내성적인지 외향적인지, 말은 많은지 과묵한 편인지, 급한 성격인지 느긋한지, 호기로운지 겁이 많은지……. 조금 더 정확하게는 죽은 남편과 성격이 얼마나 비슷한지 알고 싶었다. 경매 내내 마틴이 하는 말을 유추해 성격을 파악했지만 그걸로는 부족해 따로 만나자고 한 것이다. 자신을 마음에 들어하는지도 궁금했다.

경매에서 막판까지 가지 못한 건 돈이 부족했기 때문이었다. 다행이라면 압구정이 마틴을 낙찰받아놓고 사는 걸 유보하는 바람에 다시 기회가 온 것이다. 하지만 마틴은 자신을 사려는 여자를 만나러 온 게 불편한지 라테만 홀짝였다. 혼자 먼저 왔을 거란 생각은 못 했지만 일단 정식으로 인사를 했다.

─카미유 클로델이에요.

마틴은 컵을 내려놓고 살짝 어이없다는 표정을 지었다.

─음…… 로댕의 연인 카미유 클로델을 말하는 건가요?

─맞아요. 조각가인 남편이 카미유 클로델을 닮았다고 해서 지어줬죠. 원래 이름은 원영미예요. 하지만 하도 카미유로 불려 원래 이름이 낯설어요.

또다시 침묵이 이어졌다. 마틴 역시 침묵이 불편했는지 작은 목소리로 자신을 소개했다.

─아시다시피 전 김마틴이에요. 본명이고요. 어머니가 리키 마틴을 좋아해 지어줬죠.

─그럼 리키라고 지어야 하는 거 아닌가요? 리키가 이름이고 마틴이 성이니까.

─우리 형 이름이 리키예요. 그리고 저는 마틴.

─재밌네요. 압구정 할머니 이름도 재밌던데. 부친이 술담배를 너무 좋아해서 이름을 노금주라고 지었대요. 노, 금주. 언니 이름은 뭔지 아세요? 노, 금연. 리키와 마틴도 이 이름들만큼 재밌어요.

비로소 마틴이 웃고 이름에 얽힌 사연을 더 늘어놓았다.

3. 카미유

―제가 학교 다닐 때 친구들이 마틴, 마틴, 하고 부르면 다들 외국인이 온 줄 알았죠. 어설픈 영어로 아이 원 투 고 백 투 마이 홈타운 캘리포니아, 하고 너스레를 떨면, 친구들이 노 노 유어 홈타운 이즈 경기도 부천, 하면서 배를 잡고 뒤집어졌어요.

―고향이 부천인가 봐요?

―태어나서부터 쭉 부천에서 살았어요. 이곳은 중심가에선 멀지만 녹음이 우거진 근린공원이 있어 좋아요. 카미유 님이 사는 전원주택만큼은 아니겠지만. 마당에 조각상이 있어 사설 미술관인 줄 알았거든요.

카미유는 두 손으로 핸드백을 움켜쥐었다. 간밤에는 한숨도 자지 못했다. 따로 마틴을 만난다는 생각에 옷장 안의 원피스를 죄다 꺼내 입어보았다. 원피스 색깔에 어울리는지 보기 위해 구두도 수십 번을 신었다. 남자로 인해 설레본 게 얼마 만인지. 설레는 마음을 주체하지 못해 남편 서재를 청소하고 붙박이장의 셔츠가 반듯하게 걸려 있는지 몇 번을 확인했다. 그러고는 은행에서 찾아온 수표를 두 개의 봉투에 나누어 넣었다. 한 곳엔 1억 2천을 넣었고 다른 곳엔 8천을 넣었다.

―제가 마틴 씨를 만난 건 운명 같아요.

카미유는 라테를 한 모금 마시고 탁자에 내려놓았다.

―운명이요?

―제가 말했던가요? 제 남편과 마틴 씨가 도플갱어처럼 닮았다는 걸. 게다가 그 셔츠. 같은 브랜드, 같은 색깔의 그 셔츠. 어제 모임에서 파란색 셔츠를 입은 마틴 씨를 보고 얼마나 놀랐게요. 결혼기념일 선물로 파란색 셔츠를 샀는데 남편은 그걸 입지 못하고 죽었어요. 근데 떡하니 마틴 씨가 입고 나타났으니…….

―좀 진부한 표현이지만 뭔가 운명 같긴 하네요.

마틴이 구글 포토에 저장된 자신의 사진을 보여주었다. 파란색 셔츠를 입은 사진, 근린공원에서 찍은 사진, 백화점 앞에서 찍은 사진. 고베항 스타벅스를 배경으로 찍은 사진도 있었다. 젊었을 적도 그렇지만 최근 얼굴은 완전 죽은 남편과 판박이였다. 한참 구글 포토를 보는데 뒷모습을 찍은 알몸 사진이 튀어나왔다. 가랑이 사이로 살짝 보이는 성기까지. 허둥지둥 마틴은 사진을 넘겼다. 샤워 후 실오라기 하나 걸치지 않은 채 실내를 종종거리며 몸을 말리는 사진이었다. 그 모습을 보고 있으니 카미유는 남편 생각이 났다. 그도 샤워하고 나면 거실 창 앞에서 폴짝폴짝 뛰며 물기를 털곤 했던 것이다.

— 병적으로 남편은 파란색 셔츠를 좋아했죠.

— 저도 파란색 셔츠 좋아하는데…… 이건 백화점에서 아내가 사준 거예요. 살림남이다 보니 집에선 추리닝을 입지만 가끔은 멋진 셔츠를 입고 산책할 때가 있거든요.

동감한다면서 카미유는 고개를 끄덕였다.

— 조각할 때면 남편은 꼭 멋진 셔츠를 입었죠. 남편은 미켈란젤로를 좋아해요. 그중 〈반항하는 노예〉는 단연 최애죠. 묶인 채로 꿈틀거리는 모습을 보면 뭐라도 다 조각할 것 같다고 했어요. 마당의 조각상도 거기서 영감을 받아 만든 거죠. 미켈란젤로 좋아하세요?

— 그닥…….

코를 찡그리는 걸 보고 카미유는 현대백화점에서 샀다는 셔츠 소매를 가볍게 매만졌다. 그러곤 색감이 얼마나 잘 빠졌는지를 은은한 미소를 띠며 이야기했다.

— 저도 그 백화점 애용해요. 전원주택으로 이사 가기 전 그 앞 아파트에서 살았거든요. 지금은 전세 줬지만. 어쩌면 우린 백화점에서 마주쳤을 수도 있겠군요. 그곳에 살 땐 매일 백화점에 들렀으니까요. 친구들도 늘 그곳에서 만났고. 구찌 매장 쇼윈도에 전시된 상품을 보고 있으면 사고 싶은

욕망만큼이나 살고 싶은 욕망이 생겨났죠.

─구찌 매장 쇼윈도는 아내가 늘 구경하는 곳이죠. 사고 싶은 걸 사지 못해도 쇼윈도를 보고 있으면 위안이 된대요. 음…… 저는 주로 지하 식품 매장을 이용해요. 아무래도 살림하다 보니까요.

─저도 지하 매장 잘 가요. 하지만 지하보다 남성복 매장을 더 많이 갔네요. 남편 옷 사러요. 앗, 잠깐만요. 남편은 바닐라라테에 시럽을 추가해 마셨어요.

카미유는 마틴의 컵을 들고 가 시럽을 추가해 가져왔다. 마틴은 한 모금 마시더니 너무 달다고 컵을 내려놓았다. 취향은 아닌 모양이었지만 싫다는 내색은 하지 않았다. 그런 모습도 마음에 들었다. 해리가 없어선지 마치 소개받은 남자를 만나러 온 기분이었다. 그녀가 오지 않으면 좋겠다는 생각을 하다 남편 이야기를 꺼냈다.

─마당의 조각상 중엔 남편이 자신을 모델로 한 게 있어요. 그게 머리에 튤립이 핀 조각상이죠.

─그 작품 특이했어요.

남편은 자신의 몸을 조각하면서 머리에 튤립을 심어 넣었다. 땅속에서 모진 겨울을 이겨낸 후 정열적인 꽃을 피워내는 튤립을 좋아해서였다. 그런데 튤립을 심고 나서 고민에 빠졌다. 튤립 뿌리가 자신의 눈과 코와 입속으로 뻗어 나올 것 같다고 했다. 꽃이 지고 치렁치렁한 잎과 줄기가 갈색으로 시들어갈 때면 마치 메두사 같아 튤립이 싫어질 정도라나. 그리고 겨울이면 대머리가 되는 것 같았다는 이야기도 해줬다.

―멋진 작품 같았는데 메두사를 상상하니 별로네요. 저는 달팽이만큼이나 뱀을 싫어하거든요. 생각만 해도 소름이 돋아요. 으…….

머리를 절레절레 흔들며 마틴은 양손으로 팔과 가슴팍을 문질렀다. 핸드볼을 했다더니 가슴팍이 탄탄해 보였다. 몸에 딱 들러붙은 셔츠 위로 쌀알만 한 젖꼭지가 튀어나와 있었다. 남편은 셔츠를 입을 땐 속살이 비치도록 두 번째 단추까지 풀었다. 그래서 단추를 하나 더 풀어주고 싶어 손을 뻗었는데 인기척도 없이 들어온 해리가 마틴 옆에 앉았다. 날벌레를 잡는 시늉을 한 뒤 카미유는 뻗은 손을 거둬들였다. 퇴근 후 바로 출발했음에도 차가 막혔다고 해리는 미안해했다. 마틴이 바닐라라테를 사러 간 사이 해리가 무슨 이야기 중이었냐고 물었다. 어떻게 말할까 망설이는데 바닐라라테를 사 온 마틴이 조각상 이야기를 했다고 알려주었다.

―거기에 있는 남자 조각상이 카미유 님 남편이래. 남편

이 직접 자신을 조각했대.

―당신과 닮았다고 한 조각상? 그래서 조각상에서 당신 느낌이 났구나.

형식상 조각상에 관심을 보인 뒤 해리는 교통체증에 관한 불만을 늘어놓았다. 교통체증 이야기가 끝나갈 즈음 두 개 봉투 중 하나를 꺼내려는데 해리의 휴대폰이 울렸다. 해리는 휴대폰을 들고 화면을 몇 초간 바라보다 구석으로 가서 통화를 했다. 잠시 침묵이 흐르는 사이 심줄이 불거진 마틴의 왼손이 눈에 들어왔다. 그 손을 보자 남편과 보낸 아침이 떠올랐다.

―어휴 답답해.

남편은 젓가락을 쥔 채 또박또박 숨이 막힌다고 했다. 카미유는 아이를 어르듯 다독였다.

―이게 다 당신을 미켈란젤로로 만들기 위해서야.

―미켈란젤로?

―미켈란젤로가 왼손잡이잖아. 왼손을 많이 써야 우측 뇌가 발달한대. 우뇌는 창조적인 능력뿐 아니라 감성과도 연결이 돼 있어. 아무래도 당신 작품에선 감성이 2프로 부족한 것 같아서. 그러니까 당신도 왼손을 사용하면 부족한 감성을 채워 미켈란젤로가 될 수 있다고. 미켈란젤로처럼 불멸

의 작품을 만들 수 있단 말이야.

　―아침 먹고 하면 안 될까. 배고파.

　―한 번 성공할 때까진 안 돼.

　카미유는 다시 남편 손에 젓가락을 쥐여줬다. 남편은 젓가락으로 힘겹게 구슬을 집어 놋쇠 그릇에 놓으려다 또 떨어뜨렸다. 왼손으로 소설책 한 권을 필사하게 하고, 왼손으로 그림을 그리게 하고, 마우스도 왼손으로 쥐게 하고, 과일도 왼손으로 깎게 했지만 큰 효과가 없어 이 방법을 택한 것이었다. 하지만 이것도 쉽지 않았다. 젓가락질에 실패할 때마다 남편은 차를 몰고 나가 몇 시간씩 바람을 쐬고 들어왔다. 어느 땐 밤이 깊어 왔고 어느 땐 외박을 하고 왔다. 바람을 쐬고 오면 남편은 군말 없이 젓가락질을 연습했다.

　점점 젓가락질이 나아지자 남편은 작품을 만들 때 왼손 사용 비중을 늘렸다. 그러나 작품의 부족한 2프로는 쉽게 채워지지 않았다. 단시간에 우뇌가 비약적으로 발달하기를 기대한 게 욕심이었을까. 아니면 열정이 과했을까. 왼손으로 작품을 조각하다 남편은 대리석 절단기에 오른손 손가락을 베었다. 엄지와 검지 그리고 중지까지 손가락 신경 손상은 물론이고 뼈까지 다쳐 깁스를 했다. 과한 열정과 욕심이 예술가로서의 남편 삶에 사형선고를 내린 것이다. 더 참을 수 없는 건 남편의 침묵이었다. 침묵으로 자신에게 벌을 주는 거 같아 전원주택이 더욱 싫어졌다.

사실 전원생활은 자신의 취향이 아니었다. 그래서 처음엔 주말부부 생활을 하다 완벽한 내조를 위해 살던 아파트를 전세 주고 전원주택을 사서 내려온 것이다. 하지만 계속되는 남편의 침묵을 견디지 못하고 친구들을 만나러 백화점으로 갔다. 구찌 매장 쇼윈도 앞에 서면 우울했던 기분이 사라지고 살아 있음을 느꼈다. 자신이 좋아하는 건 암흑과 적막이 아니라 도시의 살아 있는 불빛임을 전원주택에 갇혀 살면서 다시 확인했다. 동굴 속 박쥐처럼 살기보다 화려한 네온을 찾아다니는 불나방처럼 사는 게 맞았다. 백화점을 한 바퀴 순례한 뒤엔 지하의 태국 레스토랑에서 밥을 먹고 콘서트도 가고 전시회도 보는 게 좋았다. 하지만 화려하고 역동적인 도시에서 보내는 시간이 즐거울수록 돌아오는 길은 쓸쓸했다. 세상에서 버려져 낙향하는 기분이 들어 계속 친구들을 만나러 갔다.

일이 벌어진 건 친구들과 점심을 먹고 일찍 헤어진 날이었다. 결혼기념일 선물로 줄 셔츠를 사러 갔을 때 뒤에서 입을 옷이 없단 말이야, 라는 남자 목소리가 들렸다. 남자도 저런 소릴 다 하네 하면서 돌아봤는데 탄성이 절로 나왔다. 남편을 똑 닮은 남자가 아내로 보이는 여자와 옥신각신하고 있었다.

주변 사람들에게 다 들리도록 여자는 살림하는 남자가 왜 옷이 필요하냐고 면박을 줬다. 남자는 카미유를 힐끗 쳐다본 후 에스컬레이터를 타고 내려갔다. 내 남자를 면박 준 거 같아 여자를 쨰려보고 파란색 셔츠를 사서 백화점 맞은편 아파트로 갔다. 계약이 곧 만료라 온 김에 들러 전세금을 올려 받을 심산이었다. 카미유는 공동 현관 출입문으로 들어가 엘리베이터를 타고 자신이 살던 27층까지 올라갔다. 현관문 비밀번호를 누르다 멈칫하고 초인종을 눌렀다. 아무런 반응이 없어 습관처럼 비밀번호를 누르자 띠리릭 하고 문이 열렸다.

자기 집에 들어온 것처럼 익숙한 냄새를 맡고 안으로 들어갔다. 부처 두상 옆에 놓인 사진이 가장 먼저 눈에 들어왔다. 세입자 부부 같아 가까이 다가가 액자를 바라보았다. 액자 속의 남자는 남편이었다. 비슷한 사람인가 하고 허리를 숙여 자세히 봤지만 남편이 맞았다. 바르르 몸이 떨려 주먹을 움켜쥐었다. 아파트를 팔지 않고 전세로 내놓자고 한 게 이 여자 때문이 분명했다. 전세 계약은 남편이 처리해 세입자가 누군지 몰랐던 것이다. 젓가락질을 하다 짜증이 날 때마다 남편은 이 여자를 만나러 간 것이었다.

  쇼핑백을 내던지고 손에 닿는 대로 물건을 밀쳤다. 액자를 밀치고 부처 두상을 밀치고 의자를 밀쳤다. 화분을 밀치자 흙이 쏟아지면서 꽃대가 부러졌다. 그래도 분이 풀리지 않아 이제 막 핀 꽃잎을 쥐어뜯었다. 전원주택으로 이사 가지 않고 이 아파트서 살았다면 이런 일이 없었을 것이다. 남편에게 전세 계약을 맡긴 게 후회됐다. 카미유는 쥐어뜯은 꽃잎을 창밖으로 내던지고 남편에게 전화를 걸었다. 받지 않아 예전에 살던 집에 왔다고 문자를 보내자 바로 전화가 왔다.

  —거길 왜 가?

  며칠간 말도 안 했던 남편이 갑자기 언성을 높였다.

  —왜 놀라고 그래? 백화점에 당신 셔츠 사러 왔다가 전세 재계약이 얼마 안 남아 와봤지.

  —내가 할 텐데 뭐 하러. 그냥 와. 어서.

  —왜…… 내가 하면 안 돼?

  —당신 바쁘잖아. 감자밭 일도 많고. 사과밭 일도 해야 하잖아. 내가 알아서 할 테니 그냥 와 얼른.

  남편의 목소리는 다급했지만 카미유는 태연했다.

  —근데 여보, 현관문 비밀번호가 그대로인 것 있지. 내가

당신 생일로 했잖아.

정적이 흐르는 휴대폰 너머에서 남편이 거칠게 숨을 몰아쉬었다.

―지금 둘이 있는 거야? 내가 가서 다 설명할 테니 조금만 기다려. 그 여자는 잘못 없어.

어떤 얼굴을 하고 들이닥칠지 눈을 부릅뜨고 기다렸으나 두 시간이 지나도록 남편은 오지 않았다. 이 여자와 통화 중인가 싶어 전화를 걸었다. 남편은 받지 않았다. 세 번을 걸어도 안 받아 분노가 치밀었다.

미친 듯이 거실을 왔다 갔다 하다 카미유는 냉장고에서 생수를 꺼내 벌컥벌컥 들이켰다. 오기만 하면 가만두지 않으려고 벼르고 있는데 앰뷸런스가 요란하게 사이렌을 울리며 지나갔다. 그 소리가 꺼지고 얼마 안 있어 모르는 번호로 전화가 왔다. 사진 속 여자가 한 게 분명해 잡아먹을 듯 전화를 받았다. 홍상기 님 아내 되시나요? 당당하게 아내라고 말한 뒤 누구냐고 따졌다. 여자는 응급실 간호사라면서 남편이 운전 중 트럭을 들이받아 병원으로 옮겼지만 사망했다고 말했다. 죽었다고요? 조금 전까지 통화했는데 죽었다는 게 말이 돼요. 전화 잘못 건 것 아니에요? 여자는 아니라고 했다.

죽은 남편에게 셔츠를 입혀줄 것처럼 카미유는 쇼핑백을

들고 아파트 옆 병원으로 뛰어갔다. 병원 로고가 적힌 유니폼을 입은 남자가 응급실에서 하얀 천에 덮인 철제 침대를 밀고 나오는 게 보여 그쪽으로 갔다. 천을 걷자 이마가 시퍼렇게 깎이고 코가 눌린 남편이 보였다. 여보, 하고 불렀으나 남편은 눈을 뜨지 않았다. 눈 좀 떠봐, 상기 씨. 눈 좀 떠보라고 홍상기 씨. 이게 어떻게 된 거야. 이렇게 가면 어떡해. 난 어떡하라고. 여보. 이렇게 허망하게 죽으면 안 돼. 나 어떻게 살라고. 나 당신 이렇게 못 보내. 내가 당신을 미켈란젤로로 만들기 위해 암흑 같은 전원주택으로 이사 갔는데. 그 오랜 시간 동안 당신을 위해 헌신했는데 이렇게 가면 어떡하냐고 이 개새끼야.

남편이 죽고 시간이 꽤 흘렀을 때 친구 중 하나가 카미유에게 검정색 명함을 줬다. 남편을 사고판다는 비밀 클럽이었다. 친구는 남편을 잃고 힘들어하는 모습이 안타깝다고 했다. 그 순간 백화점에서 본 남자가 생각났다. 남편을 똑 닮은 그 남자를 살 수 있다면…… 그 남자를 사고 싶었다. 그 남자를 사서 남편에게 하지 못한 걸 하고 싶었다. 이건 아니라고 고개를 젓는데도 계속 그 남자가 생각났다. 그날 매장에서 아내로 보이는 여자와 싸운 걸 보면 사이가 안 좋아 헤어지고 싶어 할지도 몰랐다. 그렇다면 남자를 찾아 그 여자와 이혼하고 나랑 살자고 해볼까? 여자에게 가서 돈은 원하는 대로 줄 테니 남편을 팔라고 말해볼까? 어쩌면 그 여자도 남편을 팔고 싶어 할지 몰랐다. 카미유는 그 남자를 사야 할 이유를 상기시킨 후 주먹을 움켜쥐고 백화점을 돌아다녔다. 하지만 아무리 돌아다녀도 그 남자를 찾지 못했다.

며칠째 백화점에서 남자를 찾아다니다 카미유는 같이 있던 여자를 발견했다. 기뻐할 새도 없이 생각해둔 계획을 실행하기 위해 여자를 앞질러 가 구찌 매장 쇼윈도 앞에 섰다. 그러고는 휴대폰을 꺼내 귀에다 대고 여자가 지나갈 때 큰 소리로 말했다. 니 남편도 팔아버려. 쇼윈도 위로 여자가 발걸음을 멈추는 게 반사되어 보였다. 계속해서 꺼진 휴대폰에 대고 통화하는 척 연기를 했다. 그래 그렇다니까. 아무나 가입 못 하는 인터넷 비밀 클럽이야. 여자가 자신의 뒷모습을 쳐다보는 시선이 느껴졌다. 카미유는 엿듣는 여자에게 핀잔을 주듯 고개를 살짝 돌려 쳐다보고는 일부러 목소리를 작게 하고 자리를 떠났다.

모퉁이를 돌아 숨어서 여자를 훔쳐봤다. 여자는 그 자리에 서서 휴대폰을 꺼내 들고 무언가를 검색했다. 마침내 여자가 발걸음을 떼고 이리저리 바쁘게 다니는 걸 보고서야 100퍼센트 확신을 했다. 남편을 팔고 싶은 여자라고 말이다.

곧 여자가 찾아낼 거라는 확신을 갖고 백화점을 돌아다녔다. 5층 매장을 돌 때 여자가 따라오는 게 느껴졌다. 마침 남편 셔츠를 샀던 매장이 눈에 보여 들어갔다. 왜 말을 안 걸지? 비밀 클럽 정보를 알려달라고 말을 걸란 말이야. 내가 먼저 말해볼까? 그럼 내가 남편을 사려고 의도적으로 접근한 것처럼 보일 텐데……. 아니 그게 뭐, 그게 뭐가 문제야. 파란색 셔츠를 손에 들고 카미유는 이런저런 생각을 했다. 명함만 건네줄 방법이 없을까 고민하다 여자가 계산하는 틈을 타 다시 몸을 숨기고 멀리서 지켜봤다. 여자는 당황한 듯하더니 셔츠를 사 들고 나와 화장실로 갔다. 이때다 싶어 화장실로 따라 들어갔다. 다행히 화장실에는 아무도 없었다. 얼른 검정색 명함을 꺼내 문 닫힌 화장실 칸 아래로 들이밀었다. 여자가 깜짝 놀라며 누구냐고, 이게 뭐냐고 물었다. 명함을 받지 않아 그냥 바닥에 떨어뜨리고 여자가 나오기 전에 얼른 도망쳤다.

─맘 같아선 제 남편 셔츠를 주고 싶네요. 셔츠를 샀는데 남편이 죽는 바람에 그대로 붙박이장에 넣어뒀거든요.
라테를 마시고 나서 카미유가 말했다.
─아, 그랬군요. 셔츠 색깔이 좋아 하나 더 사고 싶었는데.

통화를 끝내고 온 해리가 마틴의 옆구리를 찔렀다.

―죽은 사람의 옷을 입는다고? 당신 원래 남이 입던 건 절대 안 입잖아? 내가 당근마켓에서 나눔 받아 온 것도 안 입었으면서.

―한 번도 입지 않은 새거라잖아.

기도 못 펴고 사는 줄 알았는데 또박또박 의견을 피력하는 모습에 마틴이 강단 있는 남자로 보였다. 잠시 흐르는 침묵이 무안했던지 해리가 묻지도 않은 말을 꺼냈다. 압구정이 마틴을 팔지 말라고 전화해 통화가 길어졌다고 했다. 그제야 해리가 휴대폰을 계속 봤던 이유가 파악이 되었다. 이 순간에도 해리는 누구한테 남편을 팔지 저울질하고 있었다. 가만히 있을 수 없어 돈이 많이 든 봉투를 꺼내는데 그때 하필 중년 여자가 해리에게 다가왔다.

―이혼한다더니 벌써 남자 친구 사귀었나 보네요.

해리는 현재 같이 사는 남편이라 말하고는 이혼 절차를 밟고 있다고 설명했다. 중년 여자는 해리가 사는 아파트의 집주인이었다.

―이혼하려고 해선지 얼굴이 폈다. 하지만 이혼은 여자가 손해 아닌가?

―왜요?

―그냥 좀 그렇잖아요. 아플 때 밥상 차려주고 약도 사다 주는 건 남편밖에 없다고. 웬수 같은 남편이라도 아플 때 생각하면 있는 게 나아요.

싱글싱글 웃으면서 집주인은 카미유를 머리부터 발끝까지 살폈다. 이쪽 분은 언니인가. 너무 우아하게 생기셨다. 언니가 아니라고 하자 집주인은 얼굴이 생판 다르긴 하다며 막 들어온 일행한테 갔다. 중년 여자들로 카페가 시끄러워졌으나 카미유는 돈 봉투를 쥔 채 마틴에게 취미를 물었다. 만화책을 좋아한다는 말에 웃음이 나왔다. 취미가 남편과 같았다. 과일보다 육식을 좋아하고 면보다 밥을 좋아하는 식성도 유사했다.

백화점에서 처음 마틴을 봤을 땐 죽은 남편을 다시 만난 것 같아 설렜다. 하지만 시간이 갈수록 마틴을 생각하면 미열이 오르고 주먹이 쥐어졌다. 왜 마틴을 사려는 거냐고 질문받았을 때 죽은 남편을 닮아서라고 했으나 그건 진심이 아니었다. 마틴을 살 때까지는 그 누구에게도 진짜 이유를 말할 순 없었다. 따라서 구찌 매장 쇼윈도 앞에서 두 사람을 본 뒤 계획적으로 접근했다는 말은 하지 않았다. 혹시나 그곳에서 자신을 본 걸 기억할까 봐 카미유는 서둘러 마틴을 사겠다고 했다. 해리는 그럴 줄 알았다면서 주의 사항을 언급했다. 첫째, 한번 사면 반품은 안 된다. 둘째, 환불도 안 된다. 셋째, 애프터서비스도 해줄 수 없다.

세 가지 주의 사항을 약속하고 카미유는 해리에게 돈 봉투를 건넸다. 당장 마틴을 차에 태워 집으로 데려갈 생각을 하니 심장이 떨렸다. 파라솔 아래 앉아 감자꽃을 보고 있으면 사는 게 허무했지만 이제 마틴만 있으면 그런 허무는 느끼지 않을 것이었다. 돈으로 원하는 남자를 살 수 있다는 것에 가슴이 벅차올랐다. 이런 데에 돈이 쓰일 줄은 꿈에도 생각 못 한 것이다.

―왜 1억 2천이에요?

해리가 물었다.

―다음 경매 시작가가 1억 2천이잖아요.

―시작가가 그거면 당연히 더 오를 건데 제가 그 값에 팔겠어요?

해리는 봉투를 되돌려주고는 마틴 손을 끌고 화장실 쪽으로 갔다. 카미유는 봉투를 핸드백에 넣고 두 사람 쪽으로 가 이야기를 엿들었다. 이미 몸값이 올라 1억 2천으로는 택도 없다는 말을 듣고 자리로 돌아와 앉았다. 보기 좋게 계획이 빗나간 거라면 방법은 하나밖에 없었다.

조금 후 두 사람이 돌아왔을 때 카미유는 8천만 원이 든 나머지 봉투까지 해서 2억을 줬다. 해리는 다음 경매에선 몸값이 더 뛴다면서 봉투를 열어보지 않고 일어났다. 압구정을 만나러 가냐고 묻자 어찌할까 고심 중이라면서 나갔다. 창으로 걸어가는 두 사람을 보며 라테에 잔뜩 시럽을 부어 마시는데 화장실에서 나온 집주인이 누구 몸값이 2억이냐고 물었다. 돈 봉투를 핸드백에 쑤셔 넣고 아무것도 아니라고 말했다. 그럼에도 집주인은 계속 말을 붙였다.

─해리 씨 몸값이 2억은 아닐 테고. 연봉 2억인 여자가 아파트 월세 살지는 않을 테니까요. 뭘 경매한다고 하던데.

해리가 한 짓이 얄미워 남편을 경매한다고 사실대로 말했다. 아니나 다를까 집주인이 화들짝 놀랐다.

─아주머니 남편도 팔고 싶으면 그곳이 어딘지 알려드릴게요.

─농담하지 말아요.

─농담 아니에요. 해리 씨도 지금 남편 팔러 나온 거예요.

집주인이 일행에게 가서 카미유가 한 말을 전하자 웃음소리가 터졌다. 그 테이블에 검정색 명함을 놓고 나와 언젠가 남편과 안과 병원에 왔다 쉰 근린공원으로 갔다. 벤치에 앉아 공원 트랙을 걷는 사람들을 바라보다 차를 몰고 집으로 갔다.

군부대 앞에 다다르자 하늘은 먹구름으로 덮였다. 군가를 부르며 저수지를 지나는데 수면에 떠 있는 물새가 보였다. 저수지 옆에 차를 세우자 산 능선에서 물새 한 마리가 날아와 수면에 앉았다. 잔잔한 수면에 파문을 내면서 물새는 혼자 있던 물새에게 다가가 날개를 퍼덕였다. 서로의 부리가 허공에서 부딪치며 탁탁탁탁 소리를 냈다. 두 마리의 물새는 교태스럽게 소리를 지르며 춤을 췄다.

물새들을 바라보다 집으로 이어지는 진입로로 들어섰을 때 국방색 가죽 조끼를 입은 남자가 나물을 캐는 게 보였다. 산에 올라 약초나 나물을 캐는 저 남자가 어제 꿩을 잡으려고 총을 쏜 밀렵꾼 같았다. 산길에서 내려온 남자의 손에 죽은 꿩이 들려 있는 걸 봤기 때문이었다.

마당에 차를 세우고 카미유는 파라솔 아래 앉았다. 후두두둑 비가 떨어졌다. 총알을 맞은 것처럼 원피스 자락에 콩알만 한 구멍이 여기저기 생겼다. 순식간에 원피스가 검붉게 변해가면서 몸에 들러붙었다. 빗줄기는 점점 더 강해졌다. 오른쪽 어깨에 비가 들이쳐 원피스가 젖어가는 것도 모르고 감자밭을 바라보았다. 자잘한 번개가 희번덕거리다 사라진 후 우산을 쓰고 저수지까지 걸어갔다. 그때까지도 저수지에선 두 마리의 물새가 춤을 추고 있었다.

춤추는 물새를 보며 전날의 경매를 떠올렸다. 그때 전원주택에서 루비통을 본 순간 숨이 쉬어지지 않았다. 잘못 봤나 싶어 다시 쳐다봐도 그 여자가 맞았다. 남편이 죽던 날 아파트 액자 속에서 본 그 여자가 어떻게 여길 왔는지 이해되지 않았다. 자신처럼 남편과 닮은 마틴을 사러 온 것인가. 아니면 카미유의 존재를 알고 찾아온 것인가. 당장이라도 자신이 누구라고 말하고 싶었다. 여기가 어디인 줄 알고 왔냐고, 이곳은 너 같은 여자가 올 곳이 아니라고 소리치고 싶었지만 힘이 빠져 맥없이 의자에 주저앉았다. 얼마나 저 여자가 남편을 사랑했는지, 남편이 왜 저 여자에게 빠졌는지 알려면 모른 척할 수밖에 없었다. 지금이 아니더라도 칼을 들이댈 시간은 얼마든지 있었다.

이를 악물고 일어나 카미유는 루비통의 움직임을 살폈다. 감자밭을 바라보던 여자가 고개를 돌리더니 조각상의 팔을 만졌다. 남편의 팔을 만진 것 같아 얼굴이 화끈거렸다. 거기서 그치지 않고 여자는 까치발을 하고 조각상의 입에 자신의 입술을 포갰다. 당장이라도 여자를 떼어 내고 싶었으나 어떻게 할 수 없어 입술만 깨물었다.

한참 후 여자는 조각상에서 입술을 떼고 집으로 들어와 카미유가 주방에 있는 것도 모르고 부처 두상 앞으로 다가

갔다. 부처 두상을 살피던 여자는 결혼사진이 담긴 액자를 들어 눈앞에 바짝 갖다 댔다. 더는 두고 볼 수 없어 뭘 보세요, 하고 묻자 여자는 액자를 내려놓고 부처 두상이 멋지다고 했다.

여자는 이곳이 누구의 집인지 모르는 눈치였다. 하긴 알고 이 집까지 제 발로 올 리가 없었다. 남편이 죽고 외도 사실을 마음속에 묻었기에 일단은 모르는 척했다. 갑자기 루비통이 진상을 부리기 전까진.

카미유는 그 일을 떠올리며 부동산에 전화를 걸었다. 부족한 돈을 구하려면 전세 준 아파트를 급매로 파는 것밖에 방법이 없었다. 더는 그 아파트에 들어가 살고 싶지도 않았다. 대신 돈이 얼마가 들든 죽은 남편을 닮은 남자를 사야겠다고 마음먹었다.

4. 압구정

지난번 봤을 때보다 마틴은 더 튼튼해 보였다. 솔직히 이런 남자를 경매한다는 게 믿기지 않았다. 자신을 사랑하는 게 무슨 죄라고. 그 뭐더라, 자신을 사랑하는 게 뭐라고 했는데. 나, 나막신인가. 아냐, 나르시, 뭐라고 했는데. 검색을 하려고 휴대폰을 꺼냈을 때 마침 그 단어가 떠올랐다. 아 맞다. 나르시시스트였지.

솔직히 말하면 압구정도 나르시시스트였다. 거울을 볼 때마다 자신의 얼굴에 반했다. 늙어서도 그 병은 고쳐지지 않았다. 여배우 뺨치는 미모에도 한 시대를 풍미하지 못하고 남편만 보필하며 살아온 게 후회됐다. 하지만 이제 그 얼굴을 앞세워 마틴을 살 작정이었다. 지난번 경매 때 남편이 없다 생각하고 과감하게 밀고 나갔어야 했는데 막판에 흔들린 게 실수였다. 그러나 두 번 실수는 없었다. 30년이 넘은 결혼 생활을 여기서 마무리 짓고 각자 새출발하자고 간밤에 약조한 것이다.

마틴을 사려는 건 요양사로 부리기 위해서였다. 서서히 늙어가는 자신을 위해서 말이다. 월급 줄 필요 없이 가사도우미로 쓰면서 집안 살림을 시키면 됐다. 어디 그뿐인가. 보디가드 같은 역할도 시킬 수 있어 그야말로 남는 장사였다. 마틴만 있으면 노후가 불안하지 않을 것 같았다. 노후 인생 퍼즐을 완성시켜줄 남자가 마틴이었다. 그 생각에 미소를 짓다 압구정은 카미유와 시선이 부딪쳤다. 남편이 죽은 지 얼마 안 된 여자가 벌써 다른 남자를 찾는다는 게 이해되지 않았다. 마틴이 매물로 나왔을 때 경계한 건 가장 어린 선글라스였지 카미유는 아니었다. 그나마 이번엔 잠재적 경쟁자인 선글라스와 루비통이 오지 않아 다행이었다.

―경매에 참여하러 왔습니다.

새로운 경쟁자가 왔나 싶어 현관문 쪽을 바라보았다. 줄무늬 재킷을 입은 남자가 현관 앞에 서 있었다. 마당에 남자가 타고 온 택시가 보였다. 택시 운전사는 벌거벗은 조각상 앞에서 담배를 피우고 있었다. 남자는 신발을 벗고 들어와 자신의 이름이 도로시라고 했다. 도로시라면 비밀 클럽 회원이 맞았다. 채팅방에서 종종 닉네임을 봤으니 말이다. 그런데 여자로 한정된 모임에 어떻게 남자가 가입했는지 알 수 없었다. 도로시는 아내가 회원이라서 대리인 자격으로 왔다고 했다. 아내의 주민번호를 넣고 클럽에 가입한 것이었다. 어이가 없어 한마디 하려는데 해리가 다짜고짜 왜 경찰에 신고했냐고 따졌다. 알고 보니 두 사람은 이미 전에 만난 적이 있었다.

─남자에게 남편을 팔려고 했다고? 아무리 그래도 어떻게 그래. 마틴도 좋대?

─남자인 줄 모르고 만났어요.

해리는 도로시를 경매에 참여시켜선 안 된다고 주장했다. 도로시는 그 말을 무시하고 경매에 참여하겠다고 당당하게 요구했다. 와이프가 회원인 게 맞을뿐더러 클럽 규정에 본인이 직접 참여해야 한다는 문구도 없고 낙찰이행보증금 또한 납부했다고 말했다. 유 회장은 클럽 규정상 거부할 이유가 없다면서 도로시를 경매에 참여시켰다. 주방에 있던 천설화가 마틴 옆에 앉은 도로시에게 사과즙과 머핀을 갖다주었다.

압구정은 머핀을 먹는 도로시에게 참관만 하라고 한 후 다시 마틴을 응시했다. 저런 튼튼한 몸이라면 침대에 누워 있는 자신을 번쩍 들어 안아 휠체어에 앉혀줄 수 있었다. 병원에 갈 땐 휠체어를 밀어주거나 공원을 산책시켜줄 수도 있었다. 팔뚝 근육 하나만 봐도 완벽한 요양삿감이었다. 이제 마틴은 자신의 손이 되어주고 다리가 되어주고 지팡이가 되어줄 것이다. 든든하고 젊은 남자가 있다는 것만으로 마음의 지팡이도 생겨났다.
  돈이면 안 되는 게 없었다. 사람을 살리는 것도 돈이었고 사람을 죽이는 것도 돈이었다. 사람을 살 수 있는 것도 돈이었다. 따라서 지난번보다 돈도 더 많이 준비했다. 하지만 돈이 있어도 걱정되는 게 세월이었고 늙음이었고 나이 먹는 것이었다. 돈으로 늙는 건 막을 수 없지만 든든하고 안정된 노후는 마련할 수 있었다. 노후를 걱정하게 된 건 작년 병원에서 휠체어 신세를 졌을 때였다. 남편이 압구정을 들어 안아 휠체어에 앉히다 손을 놓쳐 일주일간 더 병원에 입원한 것이다.
  ―내가 꼬부랑 할머니가 되면 간병할 수 있겠어?
  압구정이 툴툴대자 남편은 몸이 무거워 놓친 거라고 불같이 화를 냈다.

―내가 누구 때문에 입원한 건데 화를 내. 당신이 좋아하는 민어 사러 수산시장 갔다 미끄러져 고관절 뼈에 금이 간 거 아냐. 넘어지는 순간에도 당신에게 민어를 먹일 생각만 했다고. 근데 고작 며칠 간병하고 힘들다고?

―백화점에, 문화센터에, 동창 모임에 허구한 날 잘만 싸돌아다니면서 그날은 눈을 어디다 두고 다녔길래 넘어져? 맘에 드는 영감이라도 본 거야?

―헛소리 말고 간병하기 싫으면 들어가.

말이 끝나기 무섭게 남편은 요란하게 문을 열고 병실을 나갔다. 돈을 주고 케어를 받는 게 낫다 싶어 곧장 압구정은 요양사를 불렀다. 화사한 옷차림을 하고 온 40대 여자 요양사는 말을 하지 않아도 표정만 보고 마음을 읽었다. 굳이 화장실에 가고 싶다고 말할 필요가 없었다. 눈치 빠르고 요령 있게 일을 하는 요양사가 병원 생활에 숨통을 틔워주었다. 하지만 자신을 침대에서 들어 안아 휠체어에 앉히진 못했다.

하루 만에 요양사를 남자로 바꿨다. 덩치가 산만 한 남자 요양사는 압구정을 번쩍 들어 안아 휠체어에 앉혔다. 여자 요양사와 있을 때보다 몸을 움직이기 수월했고 병원 생활이 즐거웠다. 옆에만 있어도 든든해 퇴원하고 나서도 남자 요양사가 무척 생각났다. 그 요양사 생각에 빠져 있을 때 유 회장이 박수를 두 번 치더니 자기야, 하고 경매사를 불렀다. 주방 왼쪽 방에서 검정색 슈트를 입은 경매사가 나와 마틴 뒤에 섰다.

—다시 여러분을 만나 반갑습니다. 한 주 동안 잘 지내셨죠? 지난주 일요일 이곳에서 경매를 한 후 남편에게 겁을 좀 줬어요. 앞으로 잘하지 않으면 팔아버리겠다고 했더니 태도가 달라지더군요. 그래서 말인데 이런 경매장이 더 많으면 좋겠어요. 남편들 정신 차리게 하는 데 딱이에요. 제 말이 길었네요. 오늘은 지난주 유찰된 김마틴 씨에 대한 2차 경매를 진행하겠습니다. 1차 때 들으셔서 다들 아실 테니 상품 소개 없이 바로 출발하겠습니다. 자, 지난번에 결정한 대로 1억 2천부터 출발합니다. 거기 남성분?

경매사가 손을 번쩍 들어 올린 도로시를 가리켰다. 여자들의 시선이 쏟아지자 도로시는 말을 못 하고 멈칫했다.

—남성분 호가하셔야죠? 얼마 제시하시겠습니까?

—저는 못 들었는데요?

—네?

—상품 소개 못 들었다고요.

끼어들지 말라고 압구정은 쏘아붙이고 통 크게 2억을 불렀다. 느닷없이 나타난 남자에게 마틴을 빼앗길 순 없었다.

―2억 나왔습니다. 압구정 님이 시작부터 최고가를 불렀습니다. 지난번에 마틴 씨를 못 데려가서 오늘은 작정하고 나오셨나 봐요. 다른 분 없나요. 2억 천 나왔습니다. 카미유 님도 만만치 않네요. 2억 2천3만 원. 2억 3천, 2억 3천3만 원……. 아, 이거 심상치 않은데요. 가격이 계속 오르고 있어요. 2억 6천 나왔습니다. 마침내 남성분이 호가를 불렀네요.

압구정이 참여하지 말라고 직격탄을 날리자 도로시는 회원 자격으로 하는 거라고 맞섰다. 화가 난 압구정이 삿대질을 했다. 분위기가 험악해지자 경매사가 지그시 압구정의 어깨를 눌렀다.

―자, 제 생각은 이왕 남성분도 오셨으니 함께 참여하면 좋을 것 같아요. 양해해주시고 한번 경매를 해보죠. 남성분이 2억 8천을 불렀네요. 이보다 더 높은 금액을 제시할 분 없나요?

경매사가 분위기를 정돈시키고 일일이 사람들과 눈을 맞추며 가격 경쟁을 부추겼다. 도로시까지 끼어들어 순식간에 몸값은 3억까지 뛰었다. 이제는 도로시도 신경 써야 할 판이라 골치가 아파 이마를 누르는데 남편에게 문자가 왔다. 남편은 마당에 주차해둔 차 안에 있었다. 계속 대기하라고 한 뒤 3억 3만 원을 부르자 카미유가 할머니, 하고 발끈했다. 하지만 발끈하고 싶은 건 압구정이었다. 왜 닉네임을 부르지 않고 할머니라고 하는지 이해할 수 없었다.
　—할머니 아니라고 했잖아. 손자도 없고 손녀도 없다고. 내가 카미유를 과부라고 부르면 좋아?
　—제 말은 그게 아니라 자꾸 가격만 올리잖아요. 사긴 살 거예요? 지난번에도 사지 않을 거면서 잔뜩 가격만 올려놓았잖아요.
　—살 거야. 이번엔 꼭 사서 데려갈 거야.
　—할머니가 젊은 남자를 데려가서 어쩌시려고요?
　—어쩌긴, 뭘 어째. 데려가서 쪄 먹으려 그런다. 내가 마틴을 구워 먹든 삶아 먹든 무슨 상관이야?
　—저는 이 남자가 아니면 안 되니까요. 죽은 남편과 닮은 마틴 씨가 꼭 필요해요.
　—아주 열녀 나셨네. 아니지 이건 열녀가 아니지. 남편을 그렇게 사랑했다면 일부종사해야지. 이건 이부종사잖아.
　전원주택을 경매 장소로 제공한 것도 마뜩지 않아 압구정은 카미유를 몰아붙였다. 가진 걸 보여주려는 꼼수 같아 유 회장에게 카페에서 모임을 하자고 건의했지만 경매를 하기엔 마땅치 않다는 말만 되돌아왔던 것이다. 이왕이면 도심에서 멀리 떨어진 산속에서 남편 경매를 하는 게 좋다는 의견이었다. 그 말도 일리가 있어 우기지 않았으나 지금은 그게 후회돼 계속 몰아붙였다. 하지만 카미유는 조금도 주눅 들지 않고 3억 2천을 불렀다. 경매사의 입이 쩍 벌어졌다.

—이 정도면 시 외곽의 아담한 빌라를 살 수 있는 돈이네요. 아주 유명한 화가의 작품을 구입할 수 있는 돈이기도 하고요. 돈이란 게 어디 쓰느냐에 따라 달라지는데 오늘은 멋진 미술품을 산다는 생각으로 구매해도 좋을 것 같아요. 남편만 한 미술품도 없죠. 아니, 이 돈으로 남편을 산다면 최고의 미술품이 될지 몰라요. 나를 위한 미술품, 나만 볼 수 있는 남편, 이보다 더 좋을 순 없죠. 솔직히 이런 살아 있는 미술품이라면 제가 사고 싶네요. 남편이 둘이면 행복할 것 같아요. 한 남편은 돈을 벌어다 주고 한 남편은 집안 살림을 해주고. 이러다 제가 마틴 씨를 사겠네요. 농담이었고요. 오늘은 남성분까지 가세해 불꽃 튀는 경쟁을 벌이고 있습니다. 남성분이 여성들을 물리치고 마틴 씨를 살 수 있을지도 관전 포인트죠. 누가 마틴 씨를 살지 점점 더 궁금해지는데요.

경매사가 들뜬 목소리로 좌중을 둘러봤지만 다들 머핀을 먹을 뿐 반응을 보이지 않았다. 포크가 접시를 날카롭게 긋는 소리와 씹는 소리만 났다. 모든 게 자신에게 유리한 방향으로 흘러가 내심 좋아하는데 도로시가 또 호가를 불렀다.

4. 압구정

그를 제지하는 사이 카미유가 3억 3천을 불렀다. 더는 누구도 넘보지 못하도록 압구정은 3억 5천까지 올렸다. 예상대로 카미유의 얼굴이 하얗게 변했고 도로시는 포크 쥔 손을 떨었다. 경매사가 더 높은 가격을 제시할 분이 없냐고 물어도 손을 드는 사람은 없었다. 이번에도 낙찰만 받은 뒤 데리고 가지 않을 거라 생각한 모양이었다. 승리를 장담한 압구정은 두 팔을 펼치며 다가가 마틴을 끌어안았다.

―이제 마틴은 내 거야.

마틴은 엉덩이를 뒤로 빼며 압구정을 밀어냈다.

―같이 사는 할아버지는 어쩌고요?

한집에 남편이 둘이라는 게 걱정인 모양이었지만 그건 걱정할 게 아니라면서 마틴을 안심시켰다. 그러고는 스위트하게 방도 꾸며놨다고 말해줬다. 침대 시트도 새로 깔고 커튼까지 세탁해 다시 달았다는 것도 알려주었다. 집에서 두 번째로 햇빛이 잘 드는 방을 쓰도록 해준다고 자랑했지만 마틴은 거부했다.

이 틈에 도로시가 마틴에게 달라붙어 한쪽 눈이라도 달라고 했다. 각막 때문에 마틴을 사려는 걸 그제야 알고 자신은 그런 파렴치한이 아니라며 애원했지만 허사였다. 결국 전략을 바꿔 압구정은 유 회장에게 윙크를 보냈다. 기다렸다는 듯 유 회장은 자기야, 하고 경매사를 향해 손을 들어 올렸다. 그걸 신호로 경매사가 마틴 건은 잠시 보류한다고 선언했다. 그걸 포기로 알았는지 마틴은 배를 접었다. 접시 앞에는 이미 여러 개의 종이배가 놓여 있었다. 종이배를 접는 모습이 낭만적으로 느껴졌다. 한때 남편도 종이배 천 개를 접어 사랑 고백을 하지 않았던가. 하지만 다 지난 일이었다.

―경매가 또 한 건 있습니다. 오늘의 매물은 압구정 님 남편입니다.

경매사의 말에 주위가 술렁였다. 클럽에 공지를 하지 않아 다들 놀란 얼굴이었다. 압구정은 천창으로 쏟아지는 햇빛을 보며 남편 좀 팔리게 해달라고 빌었다. 때맞춰 선글라스가 들어왔다. 한 사람이라도 더 응찰자가 생기자 고무되어 선글라스를 옆에 앉혔다.

―기다려봐. 마틴보다 매력적인 남자가 나오니까.

―현지 남편 못 구하나 싶었는데 다행이네요.

―현지 남편? 그게 뭐야? 현지처 같은 거야?

여자들의 시선이 선글라스에게 쏠린 걸 보고 압구정은 잘못 들지 않은 걸 알았다. 다들 놀라 벙찐 표정이었다.

―저는 현지 남편을 구하러 비밀 클럽에 들어온 거예요.

영국 남자 만나 결혼해 버밍엄에서 살았는데, 일 때문에 한국에서 5년을 혼자 살아야 해요. 이것저것 따져가며 까다롭게 남편을 구하진 않을 거예요. 마음 같은 걸 주는 것도 아니에요. 상대 역시 마찬가지고요. 마음 주고받는 거 거추장스럽잖아요. 그러니까 5년만 살다 미련 없이 헤어지는 그런 관계면 딱 좋겠어요. 쿨하게. 지난번에 마틴 씨 경매도 그래서 뛰어든 건데 두 분이 격렬하게 몸값을 올려놔 꿈도 못 꿨죠. 그만한 돈은 없으니까요.

―돈 없으면 현지 남편이든 5년 남편이든 못 구할 텐데.

조용히 있던 유 회장이 정곡을 찌르자 선글라스는 계면쩍은 미소를 지었다.

―그래서 말인데 남편 5년 임대 이런 거 없어요? 전세처럼 5년만 계약할 매물이 있으면 좋겠어요. 아니면 보증금 걸고 저렴하게 월세로라도.

―여기가 부동산인 줄 알아?

압구정도 한마디 보탰다.

―정 안 되면 은행 대출받아 사고 5년 후에 되팔아야겠다.

남편을 파는 것만큼이나 쇼킹했는지 두 남자의 얼굴이 동시에 창백해졌다. 두 남자는 불안스럽게 일어났다 앉았다 하면서 헛기침을 했다. 그걸 본 해리가 도로시에게 시력을 잃어간다는 건 거짓말 같다고 시비를 걸었다. 도로시는 한쪽은 거의 잃었고 나머지 한쪽으로 버티는데 그마저도 안 좋아져 막막하다고 항변했다. 막막하면 여기서 이럴 게 아니라 죽어가는 사람을 찾아다니는 게 빠르다고 압구정이 충고했다.

—전 살아 있는 남자의 눈을 이식받을 거예요. 죽은 자의 눈은 좀 께름칙해서. 사후 여섯 시간 이내에 각막을 적출해 이식한다고 하지만 어차피 죽은 자의 눈이잖아요. 생전에 병에 걸린 것도 모르고 각막 이식을 했다가 그 병이 제 몸에 옮겨질 수 있다고요. 무엇보다 전 생전에 아름답고 즐겁고 좋은 걸 많이 보며 산 사람의 눈을 받고 싶어요. 사고로 죽은 사람들은 마지막에 본 게 끔찍한 사고 현장일 테고 병원에 누워 있다 죽은 사람은 천장만 봤을 거 아니에요? 그건 좀 끔찍하잖아요.

압구정은 손이 떨렸다. 마틴에게 한쪽 눈을 구하고 나머지 한쪽은 누구에게 구한단 말인가. 그 대상이 남편이 될 수도 있다는 생각에 당장 도로시를 쫓아내고 싶었다. 하지만 그 때문에 일을 망쳐버릴 순 없어 무시하고 남편 파는 이유를 설명했다.

—남편에게 새로운 삶을 주고 싶어. 사실 내 남편은 나밖

에 몰라. 죽을 때까지 나와 살겠다고 해. 근데 인생 한 번뿐인데 한 여자와 살 필요가 뭐 있어.

편하게 사는 노후를 꿈꿨지만 현실은 녹록지 않았다. 얼굴이 늙어가고 몸이 말을 안 듣는 걸 보면서 마음은 너그러워지지 않고 옹색해졌다. 노후란 누군가가 자신을 케어해야만 하는 삶이었다. 늙어가는 부부가 서로를 감당하기엔 벅찼다. 그래서 불로초 같은 새로운 삶을 주겠다고 남편을 구슬려 이곳에 데리고 온 것이다. 하지만 그런 속사정까지 말할 순 없었다.

―세상은 바뀌었어. 변화하는 세상 속에서 지루하게 살지 말고 젊은 여자를 만나 재밌게 살면 좋잖아. 난 그렇게 남편을 놓아주고 싶어. 한데 남편이 떨어지지 않으려고 해 강제로라도 팔려고. 이렇게 팔아서 떨어지게 하려고.

―누가 할아버지를 산다고요?

해리의 말에 조롱거리가 된 것 같아 이를 악무는데 도로시가 사겠다고 했다. 이건 남편 경매지 장기 매매가 아니고 쏘아붙이고 경매사에게 진행을 넘겼다.

―압구정 님 말씀은 언제 들어봐도 재밌습니다. 어떻게 그렇게 일관성 있게 모든 사람에게 친근하게 반말을 하는지 배워야겠어요. 방금 압구정 님이 보낸 남편분 사진을 참조

해 소개해볼게요. 남편 이름은 브루스라고 하네요. 브루스 하니까 영화배우 브루스 윌리스가 떠오르네요. 제가 브루스 윌리스를 좋아하는데 설마 그 사람은 아니겠죠. 하지만 아무래도 그만큼 멋진 사람일 것 같아요.

경매사는 휴대폰을 들어 압구정의 남편 사진을 보여주었다. 테이블에 앉은 여자들이 휴대폰 앞으로 모여들었다. 마틴과 도로시도 호기심을 못 참고 여자들 어깨 너머로 고개를 내밀었다. 경매사가 사진 설명 후 실물을 보여주겠다고 하자 다들 자리로 가 앉았다.

─브루스 님은 김마틴 씨보다 키가 조금 크고요. 몸무게도 조금 더 나가네요. 피부는 보통. 뺨 부분에 검버섯이 조금 핀 것 같긴 한데 그다지 눈에 띄진 않네요. 머리숱도 나름대로 풍성한 편이고요. 이 회색 머리칼 좀 봐요. 딱 드는 생각이 고풍스러운 건물을 떠올리면 될까요. 경복궁이나 창경궁 같은. 그 하나만으로도 가치가 있을 것 같아요. 오래된 건물은 문화재로서의 가치가 있잖아요. 그럼 압구정 님이 직접 하는 남편 자랑 다시 들어볼까요? 한 가지 말 안 한 게 있다네요.

비밀이라도 알려주듯 압구정은 뜸을 들이고 여자들을 한 사람씩 둘러보았다.

―내 남편은 연하야.

연라라고 해봤자 할아버지 아니겠냐며 해리가 또 조롱을 했다.

―아냐, 내 남편은 열 살 연하야. 이제 그의 나이 60이야. 만으로는 쉰아홉.

먼지를 일으키며 들어온 차가 마당에서 멈췄다. 차 안에서 똑같은 꽃무늬 치마를 입은 여자들 네 명이 우르르 내렸다. 상의는 빨강, 파랑, 노랑, 보라색을 입고 있어 차별화를 뒀지만 꽃무늬 치마 때문인지 네쌍둥이로 보였다. 압구정은 창가로 가 문을 열어젖히고 남편 경매가 시작됐다고 손짓했다. 몰려온 여자들이 남편 경매가 뭐냐고 물었다. 비밀 클럽 회원들이 아니었다.

―사랑스러운 남편을 왜 팔아요?

―난 남편 없으면 못 사는데.

―나도 그래. 정말 이상한 여자들이네. 사랑받지 못하고 사니까 저러겠지.

―들어가 구경하고 가자. 주황색 소파에 앉은 남자가 팔려 나왔나 봐.

―남자가 둘인데 저렇게 늙은 남자도 파는 거야?

압구정은 안을 엿보는 여자들의 머리통을 밀어내고 창을

세게 닫았다. 문틀에 붙어 있던 달팽이가 터져 살점이 튀었다. 여자들은 남자 조각상 앞으로 몰려가 셀카를 찍었다. 한 여자는 조각상 머리에 심어진 튤립을 만지는 것도 모자라 어깨에 손을 올리고 포즈를 잡았다. 다른 여자는 뒤에서 조각상을 껴안다 달팽이를 보고 자지러졌다. 그걸 본 남자가 괭이를 들고 달려와 나가라고 손을 휘저었다. 여자들은 서둘러 차에 올랐다. 처음 이곳에 온 날 압구정은 남자의 도움을 받은 적이 있었다. 전원주택으로 들어가는 길목을 못 찾아 헤맬 때 안쪽에 집이 있다고 알려준 게 남자였다. 땀이 보송보송 맺힌 얼굴이 얼마나 생기가 있던지. 왜 남자가 이곳에서 감자밭을 일구고 사는지 알 수 없었다. 얼굴이 타긴 했지만 시골구석에 처박혀 살 사람으로 보이진 않았다.

  마당을 빠져나간 차는 얼마 못 가 진입로 중간에서 멈춰섰다. 쌓아놓은 돌에 바퀴가 걸려 여자들은 차에서 내렸다. 여자들이 우왕좌왕할 때 나물 캐던 남자가 다가와 차바퀴에 낀 돌을 빼냈다.

  ─뭐 하세요. 59세 젊은 할아버지 보여주시지 않고.

  카미유의 비꼬는 말투에 여기저기서 할아버지가 보고 싶다고 환호성이 터졌다.

  ─할아버지 아니라니까. 브루스라고 불러주세요.

압구정은 거실 창을 활짝 열어젖히고 차를 향해 브루스, 하고 외쳤다. 브루스는 차에서 나오지 않았다. 브루스가 소리를 못 들었다며 다 같이 부르자고 했지만 아무도 외치지 않았다. 경매사가 다 같이 외치자고 하고서야 여자들은 브루스, 하고 목청껏 불렀다. 마당에 주차한 차 문이 열리면서 몸에 딱 붙는 청바지에 오렌지색 재킷을 입은 브루스가 나왔다. 나비넥타이를 맨 브루스가 햇빛에 반짝이는 회색 머리칼을 쓸어 만지고 현관으로 들어왔다. 여자들의 시선이 일제히 브루스에게 쏟아졌다. 마틴이 자신의 주황색 소파를 밀어 그 자리에 브루스를 앉혔다. 압구정은 쪼르르 달려가 그 옆에 섰다.

—보시다시피 우리 남편 젊고 멋지지? 이 나비넥타이 좀 봐. 얼마나 근사해. 현철의 노래가 생각나네. 사랑은 얄미운 나비인가 봐.

나비처럼 두 팔을 나풀거리는데 선글라스가 물건이 이게 뭐냐고 신경질을 냈다.

—물건이 어때서? 60이면 청춘이라고. 몸도 마음도 청춘.

—마음만 청춘이겠죠. 어차피 그래봤자 할아버지 아니에요.

—모르는 소리 마. 요즘 누가 60을 할아버지라고 해. 난

이 사람을 할아버지라고 생각한 적 없어.

―그거야 할머니 생각이고요. 매물이 마음에 들면 대출받아 사려 했는데 이번에도 글렀네요. 전 할아버지는 싫어요.

―연상의 남자라고 생각해. 내가 조금 싸게 줄게.

대꾸도 않고 선글라스는 밖으로 나갔다. 무안해진 압구정은 어깨를 으쓱하고 정식으로 브루스를 인사시켰다. 브루스는 소파에서 일어나 90도로 허리를 숙여 인사를 하고 앉았다. 회색 머리칼이 브루스를 전혀 다른 존재로 만들어주었다.

압구정은 두 사람을 비교했다. 키는 브루스가 조금 더 컸지만 덩치는 마틴이 좋았다. 하지만 전반적으로 브루스가 더 분위기가 있었다. 검은 머리칼보다 회색 머리칼이 더 지적으로 보일 뿐만 아니라 얼굴 생김새도 더 친근했다. 단지 흠이 있다면 나이가 많다는 것인데 그건 말하기 나름이었다. 나이가 많다는 건 연륜이 풍부하다는 것으로 꾸미면 됐다. 그런 마음도 모르고 남편은 호기심 어린 눈으로 여자들을 살펴보았다.

―이제부터 출품 번호 2번 브루스 님을 경매하겠습니다.

경매사가 오른손을 번쩍 들어 시작을 알렸다. 압구정은 혼자 손뼉을 치고는 자신의 남편은 2억부터 시작해달라고 요구했다. 그건 차별이라고 해리가 발끈했지만 눈 하나 깜빡하지 않고 차별이 아니라 차이라고 응수했다. 브루스는 고품격인 데다 인생 경험이 많은 남자라 2억부터 출발할 수밖에 없다고 억지를 부렸다.

이에 해리가 인상을 쓰고 브루스 앞으로 갔다. 오른손 좀 올려보세요. 얼떨결에 브루스가 오른손을 올렸다. 일어나서 왼손도 올려보세요. 네? 이렇게요? 브루스는 왼손도 올렸다. 아뇨. 더 높이 올리세요. 벌받는 아이처럼 브루스는 두 손을 든 채 어리둥절해했다. 재킷 안에 입은 티가 끌려 올라가 배에 난 흰 털이 삐져나왔다. 됐나요? 아뇨, 더 높이요. 말 잘 듣는 인형처럼 브루스는 시키는 대로 손을 뻗어 올리다 휘청였다.

그럼에도 해리는 계속 무언가를 시켰다. 오른쪽 다리 들어보세요. 왼쪽 다리 들어보세요. 손가락을 폈다 구부렸다 해보세요. 한쪽 다리로 학처럼 우아하게 서보세요. 이젠 오른쪽 다리로 서보세요. 압구정은 더는 두고 볼 수 없어 해리의 소매를 잡아당기며 그만 시키라고 했다. 쓸 만한가 살펴봐야죠? 쓸 만해. 아까 팔 잘 못 올리던데 오십견 아니에요? 압구정은 욕 나오기 전에 그만 시키라고 압력을 가했다. 왜 이러세요, 지적이신 분이. 이 상황을 이해 못한 남편은 왜 이리 시키는 게 많냐고 툴툴댔다.

―젊은 여자하고 살게 해주겠다고 해서 내가 여기 온 거잖아. 당신은 요양사 사고, 나는 젊은 여자하고 살게 해주겠다고 해서 온 건데 이게 뭐야?

잽싸게 손을 뻗어 남편의 입을 틀어막았지만 투덜거림을 막기엔 역부족이었다. 여자들은 벙찐 얼굴로 남편을 쳐다보았다. 난감해진 압구정은 이 순간을 지우고 싶었다. 남편에게 새로운 인생을 주고 싶어 판다고 그럴싸하게 포장했는데 들통난 것이다. 그것도 모르고 남편은 계속 툴툴댔다.

―내가 못 할 말을 한 것도 아닌데 왜 그래? 그리고 브루스가 뭐야. 브루스라고 하니까 적응이 안 돼. 딴 사람을 부르는 줄 알고 아까도 가만히 차 안에 있었던 거야. 뒤늦게 나를 부른다는 걸 알고 나오긴 했지만. 브루스라고 하니까 외국인이 된 것 같아. 이 친구처럼 세련되게 하려고 내 이름도 바꿨나 본데 웃기지도 않아.

마틴은 벌어진 입을 다물지 못하고 압구정에게 다가왔다.

―요양사로 쓰려고 절 사려는 거였어요?

―어? 그게……. 아니, 생각해봐. 내가 젊은 남자를 사서 어디에 쓰겠어. 기분 나쁘면 몸이 불편한 아내를 정성껏 돌봐주는 남편 겸 요양사라고 생각해봐.

─그냥 돈 주고 요양사를 구하세요.

압구정은 사랑스러운 표정으로 마틴을 쳐다보았다.

─그런 요양사는 사랑이 없잖아. 든든하지도 않고. 난 마틴의 튼실한 팔뚝만 있으면 된다고. 마틴은 내 말만 잘 들으면 돼. 산책할 때 옆에서 부축해주고 휠체어를 탈 땐 번쩍 들어 앉혀주고. 공원을 산책하다 사람들이 마틴이 누구냐고 물으면 난 이렇게 말할 거야. 우리 요양사야, 하고. 난 마틴과 해피하게 하루하루를 살 거야. 물론 이건 당장 하라는 게 아냐. 더 늙어 거동을 못할 때 하라는 거야. 늙고 싶지 않지만 무슨 수로 세월을 막겠어.

─노금주 할머니의 뒤치다꺼리를 하며 살고 싶진 않아요.

마틴이 불쑥 내뱉은 이름에 압구정의 얼굴이 벌게졌다.

─내 이름을 어떻게 알았지? 암튼 뒤치다꺼리를 하는 게 아니라 날 케어해주는 일이야. 예쁜 말을 쓰면 기분도 좋아지니까 예쁜 말을 골라봐. 마틴은 날 거부할 권한이 없어.

사탕처럼 달콤한 말로 설득해도 씨알조차 먹히지 않아 결국 경매사에게 눈짓을 보냈다. 경매사가 박수를 두 번 치고 어수선한 분위기를 바로잡았을 때 사이렌 소리가 났다. 부연 먼지를 일으키며 순찰차가 들어오고 있었다. 압구정이 좌중을 둘러보며 누가 경찰에 신고했냐고 소리쳤지만 다들 아니라고 펄쩍 뛰었다. 남편도 아니라고 했지만 믿기지 않아 등짝을 때렸다. 친한 친구들 대부분이 경찰인 데다 오면서 해외 토픽감이라고 투덜댄 것이다.

그사이 순찰차가 마당에 들어와 멈췄다. 총소리 때보다 더 놀란 여자들은 경찰에 잡혀가는 게 아니냐고 아우성이었다. 고심 끝에 여자들끼리 계 모임을 하는 걸로 꾸몄다. 압구정이 세 남자를 방으로 밀어 넣었을 때 젊은 경찰관이 현관문을 노크했다. 마당에선 또 다른 경찰관이 주변을 살피고 있었다. 자신이 경찰관을 상대하는 게 나을 것 같아 쪼르르 현관으로 갔다. 신고가 들어와서 왔다는 말에 압구정은 어깨를 으쓱했다.

―세상에 누가 남편을 판다고 그래. 우린 여기 계 모임 하러 왔는데. 보시다시피 팔 남편도 없다고.

―남편을 판다고요?

―남편을 판다는 신고 아니었어?

―꿩을 잡는다는 신고였어요.

―꿩? 아, 꿩이었구나. 날아다니는 꿩. 그것도 모르고 내가 설레발쳤네.

경찰관은 이곳에서 밀렵꾼이 사냥을 한다는 제보가 두 건이나 접수됐다고 했다. 압구정은 가슴을 쓸어내리고 테이블 위의 사과즙을 가져다 따라 줬다. 경찰관은 사과즙을 마시고는 컵을 건네주며 총소리를 들었냐고 물었다. 군부대에서 사격 훈련을 하는 줄 알았다고 대꾸했다. 경찰관은 수상한 사람이 지나가면 신고해달라면서 밭에서 일하던 남자와 몇 마디 나누고 순찰차에 올랐다. 순찰차가 마당을 빠져나가자마자 압구정은 세 남자를 데리고 나와 경매사에게 바통을 넘겼다.
—꿩이다.
마틴이 손가락으로 천창을 가리켜 압구정은 위를 쳐다보았다. 붉고 가느다란 발가락이 아래에서 올려다보는 압구정의 얼굴을 밟고 지나갔다.
—다들 놀라셨죠. 총소리에 놀라고 경찰관이 등장해서 놀라고 꿩 보고 놀라고. 오늘 놀랄 일이 많았네요. 자, 그럼 다시 브루스 님 경매 출발해볼까요. 해리 님이 시킨 걸 다 한 걸 보면 브루스 님 성격은 짱이에요. 이제부터 응찰하실 분들 호가 불러주세요.
경매사가 분위기를 띄웠으나 여자들은 접시에 고개를 처박고 머핀만 먹었다. 경찰 때문에 놀란 게 아직 진정되지 않은 듯했다. 주방에서 나온 천설화가 회색 머리칼 때문에 남편이 서양인인 줄 알았다고 호들갑을 떨어 엉뚱한 사람에게 남편 자랑을 늘어놓았다. 천설화는 연변에 있는 자기 남편이 더 멋지다고 엄지척을 했다. 알고 보니 천설화가 남편 사랑꾼이었다.

─세상 모든 남자들이 바람을 피워도 제 남편만은 끄떡없어요. 제 남편은 저밖에 몰라요. 그래서 말인데 왜 남편을 팔아야 하는지 모르겠어요. 연변에서라면 있을 수 없는 일이에요. 세상에 믿을 게 남편 말고 누가 있겠어요?

천설화가 주방으로 간 후에도 여자들은 호가를 부르지 않았다. 그렇다고 몸값을 내리고 싶은 마음은 추호도 없었다. 브루스가 몸값을 낮추자고 해도 수용하지 않았다.

─만 5천 원요.

압구정은 만 5천 원을 부른 카미유를 노려보고 포크를 내던졌다. 만 5천 원이 말이 되냐고 따지는 사이 해리가 손을 높이 쳐들고 만 원을 불렀다. 9천 원요……. 8천5백 원요……. 6천 원요……. 3천 원요…….

침묵을 지키고 있던 도로시가 3천 원에 사겠다고 손을 번쩍 들었다. 더는 참을 수 없어 이 모든 게 도로시 탓인 양 그를 쏘아본 후 남편을 끌고 나왔다. 남편이 조수석에 앉자마자 차를 몰고 가는데 택시가 경적을 울리며 따라왔다. 도로시가 차창을 내리고 멈추라는 신호를 보냈으나 무시하고 액셀을 밟았다. 피할 틈도 없이 뱀을 뭉개고 지나쳤다. 브루스가 날카로운 비명을 질러도 압구정은 돌아보지 않았다. 진입로 앞에 우측 깜빡이를 켜고 멈춰 있는 차가 보였다. 먼저 들어오라고 양보할 수도 있지만 그럴 기분이 아니었다. 진입로를 나가 도로 쪽으로 우회전을 하다 운전자를 보니 루비통이었다. 원더우먼인 척 사회정의를 부르짖던 여자가 왜 다시 왔는지 이해할 수 없었다.

5. 김마틴

―해리가 날 팔기로 했어. 나도 동의했고.

마틴은 갓 담근 물김치를 들고 온 양재에게 말했다. 양재는 믿지 않았다. 자초지종을 듣고서야 노예도 아니고 남편을 판다는 게 말이 되냐면서 발끈했다. 살다 살다 남편을 판다는 이야기는 처음 들었다며 대신 경찰에 신고해주겠다고 했다. 마틴은 양재를 말리고 냉장고에서 사과즙 팩을 꺼내 가위로 잘라 줬다.

―해리가 나를 위해 그렇게 한 거야.

―널 위해서?

―나를 팔아서 그 돈을 절반 준다고 했어.

—널 팔아 그 돈을 위자료로 주겠다는 거네? 현대판 노예도 아니고 이게 말이 돼.

—음…… 현대판 노예일지라도 이혼을 앞둔 마당에 돈이 생기면 나도 좋잖아. 나라고 왜 생각이 없겠어. 나름대로 잔머리를 굴렸지만 현재로선 이게 최선이다 싶어 남편 경매장에 따라갔지. 이혼하면 나가 살 집도 없으니까. 그래서 말인데 돈 좀 있니?

—돈이 어딨어. 대신 내일 네가 좋아하는 똠양꿍 사줄게. 근데 이 사과즙 진하다.

아파트에 이사 와서 사귄 친구가 양재였다. 둘 다 집에서 살림하는 처지인 걸 알고 같이 백화점 요리 강좌도 다녔다. 요리 강좌에 다니면서 둘은 가까워졌다. 강좌가 끝나면 시외로 나가 커피를 마시며 여자들처럼 수다를 떨었다. 수다의 대부분은 돈을 버는 아내들 흉보기였다. 아내들 흉을 보다 보면 커피는 술로 이어졌고 어느 땐 3차까지 갔다. 둘이 시간을 보내고 나면 해리로 인해 쌓인 스트레스가 날아갔다. 해리의 아내로 살다 이때만은 해리의 남편으로 사는 것 같았다.

마틴은 물김치 통을 밀쳐놓고 시소 양쪽에 앉아 싸우는 스머프 부부를 바라보았다. 여자는 남자가 잘못한 일을 말하고는 쿵, 하고 모랫바닥에 내려앉았다. 반동에 의해 남자의 몸이 공중으로 떠올랐다 내려앉았다. 동시에 쿵 소리와 함께 이번엔 여자의 몸이 공중으로 튀어 올랐다. 여자는 남자에게 아침밥은 빵으로 차려달라, 청소는 아침저녁으로 두번 해라, 세탁기를 돌리고 나선 빨래가 구겨지지 않게 바로 꺼내 말리라고 했다. 퇴근해 들어오는 사람들이 힐끗힐끗 쳐다보는 것도 모르고 여자는 남자를 구박했다.

―저 남자도 조만간 매물로 나오겠다. 왜 이리 요즘 남자들은 기를 못 펴고 사는지.

―세상이 바뀌었으니까.

―바뀌긴 했지. 그럼 우리들 세상은 언제 올까?

이 식탁에서 양재와 얼마나 우리들의 세상을 꿈꾸었던가. 그렇다고 대단한 세상을 꿈꾼 건 아니었다. 다시 돈을 벌면 우리들 세상이 올 것 같다는 꿈이었다. 하지만 우리는 일하러 나갈 생각은 않고 말만 지껄였다.

한번은 잔뜩 취해 한밤중에 둘이 시소를 탄 적이 있었다. 마틴이 쿵, 하면 양재가 짝, 했고 양재가 쿵, 하면 마틴이 짝, 했다. 쿵짝 놀이를 하다 우리들 세상이 왔다면서 함성을 질렀다. 얼마나 컸던지 사람들이 창문을 열고 욕을 해댔다. 베란다 창문들을 향해 꾸벅꾸벅 고개를 숙이면서도 마틴과 양재는 낄낄댔다. 한창 그 이야기를 하고 있을 때 해리가 평상시보다 일찍 퇴근해 들어왔다. 양재가 일어나다 사과팩을 밀치고 남편을 판다는 게 말이 되냐고 따졌다. 엎어진 팩에서 지렁이처럼 사과즙이 흘러나왔다.

—양재 씨도 팔려 가기 싫으면 여기서 이러지 말고 얼른 가서 가정생활에 충실하세요. 남의 가정일에 신경 끄시고. 양재 씨 와이프한테 비밀 클럽 주소 알려주기 전에.

—나 이것 참. 아버지 눈 뜨게 하려고 팔려 가는 심청이도 아니고. 마틴이 뭘 위해 팔려 가야 해요?

—뭘 위해 팔려 가든 양재 씨가 관여할 일이 아니죠. 공양미 3백 석보다는 많을 테니 걱정 마세요.

—지나가는 개를 잡고 물어봐요. 남편 파는 게 정상인가.

—심 봉사는 혈육인 딸도 팔았는데 피도 안 섞인 남편 파는 게 뭐가 대수예요? 지나가는 개가 없어 동료한테 물었더니 자기도 팔고 싶다고 하던걸요.

—그럼 그 여자랑 남편 파는 걸 기사로 쓰지 그랬어요? 온 나라가 발칵 뒤집힐 것 같은데. '지역신문 여기자 자신의 남편 매매하다'. 신문 1면 톱기삿거리네요.

—그래서 써볼까 생각 중이에요. 마음이 자꾸 그쪽으로 쏠리네요.

신문에 나면 쪽팔려서 어찌 사냐고 발끈했지만 해리는 들은 척도 안 했다. 오히려 한술 더 떠 말이 나온 김에 한마디 더 한다며 마틴이 이렇게 된 건 양재 탓이라고 했다. 같이 요리학원 다니며 일할 생각을 완전히 접었다면서 해리는 숟가락으로 통에 든 물김치를 떠먹었다. 양재는 물김치를 먹는 해리를 노려보다 경찰에 신고를 했다. 10분 후 초인종이 울리자 양재가 제 집인 양 현관문을 열어주었다.

나이가 지긋한 경찰관은 세상 말세라면서 결혼 생활에 대해 일장 연설을 늘어놓았다. 양재는 경찰관의 말을 자르고 남편 경매가 이뤄진다는 전원주택을 파헤쳐야 한다고 주장했다. 일이 커질 것 같아 양재에게 사과즙 한 박스를 떠안기고 현관으로 밀었다. 양재는 밀지 않아도 간다며 식탁에 놓은 물김치까지 들고 갔다.

마틴은 경찰관을 설득해 보낸 후 저녁밥을 차렸다. 뾰로통한 표정으로 해리는 지난번 담근 파김치와 밥을 먹었다.

―파김치 맛있게 익었네.

―그치?

―이제 이혼하면 파김치도 못 먹겠네. 당신이 만든 반찬 중에 파김치가 가장 맛있는데.

―그게 다 당신 덕이야.

—내 덕?

—당신이 하도 맛없다고 하는 바람에 요리학원에서 비법을 배운 거지.

파김치 덕에 분위기가 조금 좋아지나 싶었지만 그건 아니었다. 해리는 파김치 국물까지 다 먹고 쌩하니 소파에 앉아 비밀 클럽에 들어갔다. 어떤 생각을 갖고 여자들이 경매에 임하는지 알아야 더 많은 돈을 받을 수 있다고 생각했기 때문이었다. 이혼 조정 기간이 다다음 주면 끝났다.

설거지를 하고 식탁에 앉아 해리가 가져온 신문을 펼쳤다. 결혼에 관한 몽테뉴의 글이 눈에 들어왔다. 결혼은 새장과 같다. 밖에 있는 새들은 부질없이 들어가려고 한다. 안의 새들은 부질없이 나가려고 한다. 몽테뉴의 말대로라면 해리가 새장 안에서 나가려는 새였다. 몽테뉴가 살았던 1500년대에도 결혼이 이슈였다는 게 흥미로웠지만 그 시절에도 남편을 파는 아내는 없었을 터였다. 몽테뉴의 글이 인상적이라면서 마틴은 신문을 덮었다.

—당신은 남편을 판 첫 번째 여자로 역사에 남을 거야.

—그럼 뭐 나야 영광이지.

—퍽이나. 남편을 판 악덕한 아내가 되는 건데? 딸을 판 염치없는 심 봉사처럼.

―내가 심 봉사야? 고전소설 왜곡하지 마. 심 봉사가 딸을 팔았다고? 아니지. 엄밀히 말하면 심청이가 아버지를 위해 자발적으로 선택한 거지.

　―그게 왜 자발적이야? 아버지 때문에 마지못해 내린 결정인데. 심청이는 나처럼 강제적으로 팔려 간 거라고.

　―『심청전』눈 감고 읽었어? 거기 어디에 강제적이란 말이 나와? 아버지를 사랑하는 효녀 심청의 마음을 폄하하지 마. 심 봉사를 파렴치한으로 만들지도 말고. 당신도 나를 위해 그리고 당신을 위해 좋은 의도로 선택한 거라고 생각하면 되잖아.

　―이게 나를 위한 거 맞아?

　―이제 와서 왜 이래. 당신 동의했잖아. 당신이 '날 팔아' 이렇게 말한 거 기억 안 나? 돈 받겠다며?

　―누가 아니래? 동의는 했는데 어쩔 수 없는 상황에서 한 강제적인 동의라는 거지. 아이구, 내가 현대판 심청이가 될 줄이야.

　―뻘소리 그만하고 마실 거나 좀 줘. 다음 경매 땐 감자를 캔다니 가서 힘 좀 쓰라고.

　싫다고 말하고 우유를 따르는데 베란다 너머로 총을 든 아이가 보였다. 눈이 마주치자 아이는 혼자 만든 모래 탑을

허물고 오른손을 들어 올려 마틴에게 총을 쐈다. 탕. 총에 맞은 가슴을 쓸어 만지며 마틴이 말했다.

─어쩌다 우린 여기까지 왔을까. 내가 사기를 당하지 않았으면 여기까지 오지 않았겠지?

─사기 때문은 아니야.

─그게 아니면 뭔데?

할 듯 말 듯 망설이다 해리가 말을 꺼냈다.

─내가 이혼을 결심한 진짜 이유는……. 유산된 아이 때문이야.

─뭐? 유산된 아이 때문이라고?

─그 말은 끝까지 안 하려 했는데 결국 하게 되네.

아이가 다시 총을 쐈다. 마틴이 고개를 틀어 총알이 빗나가자 아이가 아쉽다는 표정을 지었다.

─유산을 안 했다면 지금쯤 우리 아이도 저만큼 컸겠지. 저 아이를 볼 때마다 유산한 아이가 떠올라 같이 놀아줬어. 총도 사주고. 총이 갖고 싶다고 해서.

총을 맞고 쓰러지지 않자 아이는 베란다 앞으로 다가와 빨리 죽으라고 머리통을 때리는 손짓을 했다. 죽는 시늉이라도 해야 아이가 동작을 멈출 것 같았지만 해리 때문에 그렇게 할 수 없어 버텼다. 다시 아이가 총을 쐈다. 날아온 총알이 이마를 뚫고 들어온 것처럼 따끔해 만져보니 뾰루지처럼 불거져 있었다. 떨어진 총알을 주워 던지는 시늉을 하자 아이가 도망쳤다. 마틴은 손가락으로 총알을 굴리다 주머니에 집어넣었다.

언젠가 해리가 아이와 놀이터에서 시소 타는 걸 본 적이 있었다. 30분 넘게 시소를 탔는데도 두 사람은 지치지 않았다. 시소를 타고 나서 해리는 아이가 하자는 대로 쭈그려 앉아 손바닥으로 모래를 끌어모았다. 벽을 세우듯 아이는 모래를 직사각형으로 딴딴하게 만들었고 그 위에 널빤지를 가져다 지붕을 만들었다. 집 마당에는 젓가락을 주워 나무처럼 심었고 한쪽에는 돌을 세워 장독대를 만들었다.

집을 지은 후 아이는 주머니에서 개 인형을 꺼내 마당 한쪽에 놓았다. 개가 있는 집은 어딘지 평온해 보였다. 두 사람은 개 인형을 데리고 다니며 산책도 시켰다. 헤어질 때 해리는 아이가 준 개 인형을 들고 와 차 대시보드에 붙였다. 그 후에도 해리가 아이와 있는 장면이 종종 목격됐다. 한번은 한밤중에 옆이 허전해 찾아보니 아이와 시소를 타고 있었다.

　—아이가 유산된 건 당신 때문이야.

　해리가 말했다.

　—그게 왜 내 탓이야?

도무지 이해되지 않는 말에 마틴은 성을 냈다. 아이가 생겼을 때 누구보다도 기뻐하고 좋아한 게 자신이었다. 먹고 싶다는 게 있으면 자다가도 일어나 사다 줬는데 자신 때문에 유산됐다니. 말인즉슨 마틴이 회사를 다니고 자신이 집안일을 했으면 유산할 일이 없었다는 것이다. 그제야 조금 전의 말을 이해하고 개 인형처럼 고개를 까딱까딱했다.

—아이가 유산된 후 난 종이배 꿈을 꿨어. 종이배에는 아이와 내가 타고 있었어. 얼굴 형체만 있고 눈 코 입이 없는 아이와 말이야. 유령 같은 아이를 볼 때면 다시 잠들지 못하고 놀이터에 나가 시소를 탔어. 혼자 모랫바닥을 쿵쿵 찧으면서.

이제껏 해리와 마틴은 유산에 대한 이야기는 서로 피했다. 아이가 유산됐을 때 같이 이야기를 나누며 각자가 느끼는 고통에 대해 말해야 했지만 티브이에서도 그것에 관한 게 나오면 채널을 돌렸다. 그런 식으로 눈치껏 피해 갔다고 믿었는데 그사이 해리에겐 상처가 뿌리 깊이 내린 모양이었다.

—그때부터 난 물 위에 떠 있었어. 뭐랄까, 혼자 종이배를 타고 물 위를 떠다니는 기분이랄까. 시간이 갈수록 종이배는 물에 젖기 시작했어. 해진 부분으로 조금씩 물이 들어와 순식간에 접혔던 형체가 퍼져 배는 가라앉았어. 깜깜한 수

면 아래로. 수면 아래엔 형체를 알아볼 수 없는 종이배의 무덤이 있었지. 찢어지고 해진 종이배의 무덤이. 언젠가 종이배였던 기억을 잃어버린 배들이 말이야.

더는 듣고 싶지 않아 마틴은 작은방에 들어가 베개를 끌어안았다. 위층에서 발소리가 났다. 그 소리가 멎자 개 짖는 소리가 났다. 천장을 향해 시끄럽다고 소리를 질러도 개 짖는 소리는 멈추지 않았다. 아이와 셋이 종이배를 타지 못한 게 회한으로 밀려와 개처럼 짖고 싶었다. 사정없이 짖고 나면 속이 후련해질 것 같아 벌떡 일어섰는데 주머니 속에 넣어둔 총알이 허벅지를 찔렀다.

날카로운 통증이 가신 뒤 벽에 기대 아이가 생긴 밤을 떠올렸다. 이 집에 이사 오기 전날 밤이었다. 새 아파트라서 청소를 하려고 하루 먼저 키를 받아 들어온 것이다. 방과 거실을 쓸고 닦았을 때 해리가 쭈뼛쭈뼛 들어와 등 뒤에 숨긴 걸 내밀었다. 선물이야. 작은 몬스테라 화분이었다.

마틴은 화분을 받아 들고 몬스테라가 가지를 뻗어 거실을 뒤덮는 상상을 했다. 몬스테라가 자라면서 아이가 생기고 그 아이를 키우는 상상을 하며 화분을 안은 채 거실 벽을 따라 걸었다. 해리도 뒤를 따라왔다. 마틴이 걸음을 멈추면 해리도 따라 섰다. 걸을 때마다 여기엔 냉장고를 놓고, 여기엔 식탁을 놓고, 여기엔 소파를 놓겠다고 알려줬다. 햇빛이 가장 잘 드는 곳에 해리가 좋아하는 소파를 놓겠다고 했다.

주방을 지나 작은방을 한 바퀴 돌아 안방으로 들어갔다. 작은방에 비해 안방은 창문이 커 달빛이 많이 들어왔다. 몬스테라 화분을 창틀에 놓고 마틴은 해리를 들어 안아 바닥에 눕혔다. 아이 갖자. 당신이 아이를 낳아주면 내가 엄마 노릇 하면서 잘 키울게. 이 집에서 아이랑 셋이 행복하게 사는 거야. 그 밤에 아이가 생긴 것이다.

다음 날 오후 마틴은 우산을 쓰고 근린공원을 산책하다 달팽이를 밟았다. 밤사이 비가 온 후라 달팽이들이 풀 속에서 트랙으로 올라와 있었다. 신발 밑창을 풀에 문지르고 앵두를 따 먹다 카미유를 떠올렸다. 하얀색 원피스를 어디서 봤을까 생각했지만 기억이 날 듯 말 듯하다 나지 않았다. 부족한 게 없어 보이는 여자가 왜 자신에게 관심을 갖는지 여전히 의문이었다. 죽은 남편을 닮아 자신을 사려 한다는 것도 믿기지 않았다.

입술이 벌게질 만큼 마틴은 빨간 열매를 따 먹고 신문지를 주워 배를 접었다. 배 안에 앵두를 세 개 넣었다. 하나는 유산된 아이의 것이었고 하나는 해리의 것이었고 하나는 마틴의 것이었다. 물 위에 종이배를 띄웠지만 얼마 가지 못하고 아랫면에 물이 스며들어 퍼졌다. 형체를 잃고 퍼진 신문지 위로 빨간 열매만 둥둥 떴다. 마틴은 빳빳한 전단지로 다시 배를 만들어 띄웠다. 종이배는 물에 퍼지지 않고 잘 흘러가다 날아온 돌에 맞아 침몰했다. 총을 든 아이였다.

―제가 죽였는데 어떻게 공원에 왔어요?

죽었다가 부활했다고 하자 아이는 살아나지 못하게 여러 발을 쏜 게 소용없었다며 침울해했다. 마틴은 주머니에서 총알을 꺼내 준 후 어떻게 자신을 찾았는지 궁금하다고 했다.

―아저씨 찾는 거 쉬워요. 우리 동네에서 비가 안 올 때도 우산 쓰고 다니는 사람은 아저씨밖에 없어요. 눈 올 때도 아저씨는 우산 쓰고 다니잖아요.

열 살도 안 된 아이가 자신을 지켜봤다는 게 우스웠다. 한 번도 아이가 자신의 뒤를 따라다닌다는 생각은 안 했기 때문이었다.

―왜 나를 죽이려는 건데?

―일을 안 해서요.

―일을 안 한다고? 난 집에서 일하는데. 살림한다고.

―에이, 그게 뭐 일이에요. 그건 돈을 버는 게 아니잖아요. 암튼 우리 아빠도 맨날 집에서 놀기만 했거든요. 엄마는 아

빠가 돈도 벌지 않고 밥만 먹는 식충이라며 죽이고 싶다고 했어요, 진짜로. 그래서 제가 대신 아빠를 죽였죠. 매일 전 아저씨처럼 일하지 않는 남자를 찾아 죽이고 있어요. 아저씨 친구도 일 안 하던데.
—그걸 어떻게 알았어?
—다 아는 수가 있어요. 한번은 그 아저씨 뒤를 따라갔어요.
—왜?
—죽이려고요. 하지만 죽이지 못했어요. 그냥 그 아저씨가 좀 불쌍해서요. 구부정하게 걷는 게 우리 할아버지 같았어요. 우리 할아버지는 이혼 안 해주려고 집 나갔거든요. 그래서 할머니는 혼자 카페를 운영하며 살아요. 근데 아저씨네 집에 무슨 일 있어요? 아줌마 표정이 죽상이에요. 전에는 나랑 시소도 타줬는데 요즘엔 놀아주지도 않고. 앗 달팽이다.
아이가 가리킨 곳을 보니 달팽이 한 마리가 풀 속에서 기어 나오고 있었다. 자신도 모르게 발을 움직였는데 아이가 밀쳤다.
—죽이면 안 돼요. 아까도 아저씨가 달팽이 죽이는 것 봤어요.
—뭐?
—전에도 트랙에 올라온 달팽이 밟는 것 봤어요.

어릴 적부터 마틴은 달팽이가 싫었다. 행동이 느리다 보니 두 살 많은 형이 늘 달팽이라고 놀린 탓이다. 달팽이야, 빨리 밥 먹어. 이러다 달팽이 또 지각하겠네. 그런 말을 할 때마다 마틴은 웃을 수 없었다.
  그러던 어느 날 등굣길에 형이 성질을 확 냈다. 달팽이 같은 새끼, 진짜 답답해 죽겠네. 밟아버릴 수도 없고. 그 말을 하고 형은 혼자 학교에 가버렸다. 얼어붙은 듯 마틴은 골목에 서 있었다. 그날 처음으로 학교에 가지 않았다. 집에 돌아와 가방을 마루에 던져놓고 마틴은 아무 말도 하지 않았다. 대신 속으로 음…… 음…… 하고 중얼거렸다. 무슨 말을 하려 했는지조차 생각이 안 나 음, 음, 하고 마당을 왔다 갔다 하다 창문에 붙은 달팽이를 손으로 눌렀다. 몸통이 터지는 소리가 짜릿해 풀 속에서 나온 달팽이들을 싸그리 밟았다. 비릿한 냄새와 함께 순식간에 땅바닥은 살점이 터진 달팽이 잔해로 범벅이 되었다. 그때부터 달팽이가 온몸에 다닥다닥 붙어 피를 빨아 먹는 꿈을 꿨다. 그런 꿈을 꾸고 나면 눈에 보이는 족족 달팽이를 밟아 죽였다.
  ─달팽이, 되게 중요한 거예요. 지저분한 거 막 먹고 자연에 있는 쓰레기 같은 거 치워주고. 그걸로 흙을 다시 좋게 만들어줘요. 흙이 좋아져야 식물도 잘 자라잖아요. 달팽이는

새나 개구리 같은 동물들 먹이도 돼요. 그런 애들이 배고프지 않게 해주는 거예요. 또 달팽이가 땅을 기어다니면 흙이 부드러워진대요. 그러니까 그냥 느리다고, 징그럽다고 막 죽이면 안 돼요. 벌받아요.

벌을 받는다는 말에 마틴은 껄껄 웃었다. 아이는 진짜라면서 사람 말을 믿지 않는다고 성질을 냈다. 해리의 말대로 유산하지 않았다면 아이는 이만큼 자랐을 것이다. 한번 안아보자고 하자 자신은 장난감이 아니라며 마다했다. 그게 아쉬워 시소를 타자고 했지만 그것마저 거절했다.

아이가 간 후 똠얌꿍을 먹으러 양재와 백화점에 갔다. 30여 분 만에 백화점 주차장에 도착해 차를 세우고 양재는 5층으로 올라가 바지와 신발을 둘러보았다. 5층 매장을 다 구경하고 나서 한 매장에 들어가 마네킹이 입은 바지와 라운드티를 골라 결제했다. 그걸로 끝인 줄 알았는데 아니었다. 양손에 쇼핑백을 들고 양재는 이미 들른 매장에 또 갔다. 밥은 언제 사줄 거냐고 하자 그제야 에스컬레이터를 타고 지하로 내려갔다. 태국 레스토랑에서 똠얌꿍과 솜땀과 팟타이를 먹었다. 식사가 끝나고 입가 좀 닦으라고 냅킨 하나를 뽑아 양재에게 줬다.

―이러니까 네가 내 와이프 같다. 하지만 사양할게. 난 일

하지 않고 돈 벌어다 주는 마눌님이랑 사는 게 좋아.

마틴은 양재의 어깨를 후려쳤다.

―전생에 넌 나라를 구했나 봐.

―안 그래도 마눌님이 그 말을 입에 달고 산다. 자기는 나라를 망친 대역죄인이었을 거래. 날 먹여 살리면서 벌받는 거라고.

―전생에 난 무슨 죄를 지어 개고생인 걸까. 아니, 전생까지 갈 필요 없이 현생에서 무슨 죄를 지은 걸까. 달팽이를 죽여서 벌을 받는 걸까.

양재가 에코백에서 물통에 담아 온 물김치를 꺼내 국물을 따라 줬다. 국물을 마시자 칼칼하게 우러난 무의 맛이 느껴졌다. 팔려 가기 전에 물김치를 먹이려고 가져왔다는 말에 보답으로 하나 남은 단무지를 양재의 입에 넣어주었다. 남자가 먹여주는 것도 맛있다며 양재는 순순히 받아먹었다.

―난 마눌님이 벌어다 준 돈으로 사는 것에 길들여졌나 봐. 요리 강좌 때 알게 된 사람이 알바거리 줬는데 안 했어.

―다음에 알바거리 주면 그거라도 뛰어. 일 않고 돌아다니다 너도 총 맞는다.

―총?

―그래 조심해. 우리 동네에 총잡이가 있어.

테이크아웃 커피를 사서 1층으로 올라갔다. 구찌 매장 쇼윈도 앞에는 아까보다 더 많은 사람들이 몰려 있었다. 이 시간에 일도 않고 백화점을 거니는 이들은 뭘 하는 사람들일까. 남편이나 아내가 벌어다 준 돈으로 사는 사람들일까. 아니면 삼신할머니가 기분 좋은 날 점지한 금수저들일까. 이런저런 잡생각을 하는데 양재가 구찌 매장을 가리켰다. 해리가 캐논 카메라를 멘 젊은 남자와 매장에서 나오고 있었다. 남자의 손에는 녹색 트렁크가 들려 있었다. 불륜 현장을 잡았다면서 두 사람을 찍으라고 했지만 그렇게까지 하고 싶지 않아 몸을 틀다 커피를 엎질렀다. 어떤 남자인지 궁금했으나 이혼하는 마당에 누굴 만나든 상관할 일이 아니었다.

엎지른 커피를 닦고 쇼윈도에 비친 두 사람을 바라보다 마틴은 집으로 갔다. 양재와 헤어져 집에 들어가자마자 청소기를 밀며 거실과 방을 돌아다녔다. 베란다 청소까지 한 후 세탁기에 이불을 넣고 접이식 의자에 쪼그려 앉았다. 꽈배기처럼 엉켜 돌아가는 이불을 보고 있으니 해리의 몸을 끌어안고 살았던 지난날이 떠올랐다. 옆에 없으면 못 살 것 같은 밤이 얼마나 많았던가. 양가 집안일 때문에 하루나 이틀 떨어져 지낼 땐 보고 싶어 얼마나 전화를 해댔는지 몰랐다. 취재차 울릉도에 간 3박 4일 동안은 보고 싶어 죽을 지경이었다. 다른 공간에 있다는 것이 그렇게 그리울 수 없었다. 하지만 지금은 같은 공간에 있다는 게 버거웠다. 이젠 하루라도 빨리 이 집을 나가고 싶었다. 탕.

베란다 앞에서 아이가 이를 드러내고 씩 웃더니 다시 한 발을 쐈다. 죽은 척 고개를 처박고 마틴은 세탁기 안을 바라보았다. 빨래가 돌면서 사방으로 물방울이 튕기는 걸 보다 고개를 돌렸을 때 아이는 없었다. 30분 넘게 세탁기 앞에 쪼그려 있다 이불을 꺼내 창밖에 털다 떨어뜨렸다. 이불을 주우려고 밖으로 나갔다가 개를 안은 양재와 마주쳤다. 개 건강검진 비용이 30만 원이나 나왔다고 양재는 볼멘소리를 했다.

―근데 운 좋게 이 녀석 짝을 입양했어. 누가 병원 앞에 버린 유기견인데 이 녀석이 쫓아다닌 거야. 지금 그 녀석 건강검진 받고 있어. 검진 끝나면 데려오려고. 사람이나 동물이나 짝은 있어야 하잖아.

마지막 말이 거슬려 싫어졌다고 팔지나 말라고 충고했다. 양재가 손사래를 쳤다.

―불쌍해서 어떻게 팔아.

―남편도 팔리는 세상에 그까짓 개쯤은…….

유기견 이야기를 하는 동안 아이가 다시 나타났다. 아이는 양재를 찾아 아파트 주변과 근린공원을 돌아다녔다고 했다.

─네가 우리 동네 총잡이구나?

양재가 껄껄 웃고 아이에게 다가갔다. 아이는 가까이 오지 말라면서 총을 겨눴다. 놀란 개가 아이를 보고 짖었다. 아이는 총을 거두고 개의 머리통을 쓰다듬어주었다. 개가 혀를 내밀어 뺨을 핥자 아이는 황홀한 표정을 짓더니 총을 쏘지 않고 갔다. 양재도 간 후 곧장 집으로 와 세탁기에 이불을 처넣고 창문에 붙은 달팽이를 검지손가락으로 꾹 눌렀다.

─왜 남자 친구 생겼다는 말 안 했어?

퇴근해 들어온 해리에게 말했다. 남자와 백화점에 있는 걸 봤다고 하자 사진기자라면서 해리는 소파에 앉아 검색창에 무언가를 쳤다. 사귀냐고 묻자 해리는 고개를 저었다. 하지만 믿기지 않아 밥도 차려주지 않고 밖으로 나가 양재에게 전화를 걸었다. 저녁을 준비하는지 양재는 전화를 받지 않았다. 어느 집에서는 개 짖는 소리가 났고 어느 집에서는 피아노 소리가 흘러나왔다. 터덜터덜 놀이터로 가 혼자 시소를 탔다. 유산을 안 했다면 우리가 탄 종이배는 물에 젖지 않았을 거라는 신세 한탄을 하고 있을 때 노부부가 왔다. 노부부가 탈 수 있게 자리를 비워주자 할아버지가 같이 타자고 했다.

다시 시소에 앉아 모랫바닥을 디딘 두 발에 힘을 주고 평평하게 높이를 맞췄다. 할아버지가 먼저 시소 앞쪽에 올라탔다. 뒤이어 할머니가 타는 순간 마틴의 몸이 붕 떠올랐다. 최대 높이까지 올라가 노부부를 내려다보았다. 노부부는 손잡이를 잡은 채 두 발로 모랫바닥을 찼다. 마틴의 몸이 내려가면서 노부부의 몸이 올라갔다. 널뛰기하듯 올라갔다 내려가기를 한참을 하자 현기증이 일었다. 두 발을 모랫바닥에 디디고 동작을 멈췄지만 노부부는 어지러워하는 기색이 없었다.

 교회 앞에 산다는 노부부는 시소를 타기 위해 이곳에 온다고 했다. 할머니가 얼마나 시소 타는 걸 좋아하는지 깊은 밤에도 잠이 오지 않으면 찾아온다는 것이다. 할아버지는 한참 동안 할머니 자랑을 늘어놓더니 부부 싸움을 하는 마틴을 자주 봤다고 했다. 할머니가 그걸 말하면 어떡하냐고 타박하자 할아버지는 머리를 긁적였다.

 ─솔직히 말씀드리면 이혼을 당하는 거예요. 일도 않고 집에서 살림을 하거든요.

 ─살림하는 것도 일인데. 그게 어디 쉬워요.

 할머니가 옹호해주는 바람에 마틴은 돈을 날려 먹었다는 말은 하지 못했다. 대신 어떻게 두 분은 지금까지 함께 살았냐고 물었다.

―시소처럼 살았어요.

―시소처럼요?

―늘 상대가 위로 올라갈 수 있게 난 두 발을 모랫바닥에 딛고 있었어요. 시소를 타면서 깨달은 거예요. 시소를 탈 때면 늘 남편을 띄워주겠다는 생각을 하거든요.

할머니가 깡마른 할아버지의 허리를 끌어안는데 아이가 총을 들고 어슬렁어슬렁 걸어왔다. 아이가 할아버지에게 총을 겨누자 할머니가 팔을 잡아당기며 넷이 시소를 타자고 꼬드겼다. 아이는 할머니에게 등 떠밀려 뾰로통한 얼굴로 마틴에게 왔다. 이때다 싶어 아이를 번쩍 들어 안았다. 발버둥 치지 않고 아이는 두 팔로 마틴의 목을 끌어안았다. 얼굴을 찌를까 봐 총구를 내린 아이를 꽉 안아주고 뺨을 비볐다. 수염이 따갑다고 아이가 소리쳤다.

뺨을 뗀 후 아이를 시소 앞쪽에 태우고 자신은 그 뒤에 탔다. 반대편에 앉은 노부부가 먼저 모래를 박차고 공중으로 튀어 올랐다. 아이는 이번엔 우리 차례라면서 발로 모랫바닥을 힘껏 찼다. 아저씨 꽉 잡아요. 시소 타는 건 제게 맡겨요. 제가 할머니보다 한 수 위예요. 아이의 목소리가 허공에 울려 퍼졌다. 어떤 집의 베란다 창문이 열리면서 여자가 고개를 내밀자 아이가 손을 흔들었다.

　아이는 아주 기분이 좋아 보였다. 어깨에 멘 총을 내던지고 다시 모랫바닥을 찼다. 아저씨, 새처럼 우리 같이 날아 올라가요. 저기 우리 엄마가 볼 수 있도록 4층까지 붕 떠오르는 거예요. 아이가 내지르는 소리에 다른 집 창문이 열리면서 사람들이 하나둘 고개를 내밀었다. 아이의 괴성에 할머니가 졌다면서 쉬었다 타자고 했다. 마침 온 스머프 부부에게 노부부가 시소를 양보했다. 스머프 부부는 호의를 거절하지 못하고 노부부가 앉았던 시소에 올라탔다. 아이가 고개를 돌려 마틴의 귀에 대고 스머프 부부는 옆집 사는데 밤마다 싸운다고 했다. 한데 남자가 장난감 회사에 다녀 죽이지 않았다고 했다. 개 인형도 두 개나 줬다면서 아이는 스머프 부부를 향해 주먹을 들어 보인 후 모랫바닥을 박차고 튀어 올랐다.

6. 루비통

 파라솔 아래 앉아 남자 조각상 머리에 심긴 튤립을 바라보았다. 터질 것처럼 튤립 봉오리가 햇빛에 벌겋게 빛났다. 대리석에서 빠져나온 두 다리가 균형을 이뤘음에도 하늘을 떠받치듯 펼친 남자의 두 팔은 힘들어 보였다. 같이 하늘을 들어주려고 일어섰는데 마침 차에서 내린 유 회장이 잰걸음으로 다가왔다.
 ─아니 이게 누구셔? 사회정의를 부르짖던 원더우먼 아니신가?
 루비통은 지난번엔 호가가 예산을 초과해 급한 마음에 경솔한 짓을 저질렀다고 사과했다. 유 회장은 장지갑에서 가느다란 담배를 꺼내 불을 붙이고 연기를 내뿜었다.

―자기야, 다음엔 용서 없어. 나 사람 두 번 봐주고 그러지 않아.

―그럼요. 감사해요.

―그래도 자기야, 남자가 아무리 마음에 들어도 여자가 막 달려드는 건 아니다. 세상은 넓고 남자는 많은데 뭐가 그리 급해.

유 회장은 담배를 서너 모금 빨고 바닥에 꽁초를 눌러 껐다. 밤새 채팅방에서 새벽까지 수다를 떠느라 잠을 못 잔 모양인지 얼굴이 부옇게 떠 있었다. 가장 늦게까지 채팅방에 남아 있는 여자가 유 회장이었다. 간밤에 자정이 넘어 들어갔을 때도 혼자 채팅방을 지키고 있었다. 나이 들면 잠이 안 와 그런다고 했지만 그렇다기보단 외로워서 그런 것 같았다. 그게 안쓰러워 30분 넘게 수다를 떨어주었다. 이참에 조금 더 친해지기 위해 파라솔 아래 나란히 앉은 유 회장에게 어떤 계기로 비밀 클럽을 만들었냐고 말을 붙였다.

―남편 때문이지 뭐. 이 인간이 내가 사람들하고 어울리는 걸 그렇게 싫어할 수가 없어. 자기하고만 꼭 붙어 있으라잖아. 둘이 얼굴 마주 보고 붙어 있는 것도 하루이틀이지. 각자 삶도 있고 취미도 있고 사회생활도 필요하고. 그리고 여

자가 꼭 집에만 있어야 해? 사람들하고 등산 갈 수도 있고 막걸리 한잔할 수도 있고. 한 잔 두 잔 마시다 보면 술이 꽐라 돼서 길에 좀 누워 잘 수도 있지. 뭔 사람이 내가 남자 동창들하고 모임만 하면 경기를 일으킨다니까. 자기한테만 말하는 건데 마음이 흔들린 적이 있긴 했어. 근데 그냥 흔들리기만 했어. 진짜야. 결백해. 내가 가입한 배드민턴 모임에선 서로 눈이 맞아 결국 입도 맞추고 배도 맞추는 사람도 있는데 난 그 정도는 아니었어. 가끔씩 커피 마시러 예쁜 카페에 가거나 바람 쐬러 강화도에 가거나 전시회나 영화 보러 가는 정도? 이건 바람도 아니야.

―그럼 뭐가 바람인데요? 꼭 몸을 섞어야 바람인가요? 마음이 움직이는 것도 바람인 거 같은데…….

루비통은 놀란 얼굴로 물었다.

―어머, 자기 좀 올드하다.

유 회장이 루비통의 팔을 살포시 찔렀다.

―어느 날 남편이 내 카톡 메시지를 몽땅 훔쳐봤나 봐. 아니 자기야. 자기는 친구들이랑 사랑한다는 말 안 해? 장난으로 아니면 그냥 친근감의 표현으로 자기야 이따 봐, 자기야 사랑해, 이럴 수 있잖아? 다 같이 1박 2일 놀러 가서 손잡고 사진 찍을 수도 있고 어깨동무도 하고 안 그러냐고. 자기는

어때?

―저는 그렇지 않은데요.

루비통은 단호하게 말했다.

―자기는 의외로 차가운 구석이 있어. 말하는 본새나 얼굴 표정에서 찬바람이 분다고. 동영상 찍는다고 난리 칠 때 알아봤지. 암튼 그러다 친구들과 술 한잔했는데 동창 녀석이 집 앞까지 바래다준 거야. 그날은 좀 취해 그 녀석한테 기대 걸었는데 그걸 집 밖에서 날 기다리던 남편이 봤나 봐. 그깟 팔짱 좀 꼈다고 사람을 쥐 잡듯 하더라니까. 의처증 남편 때문에 친구도 못 만나고 술도 못 마시고 등산도 못 가고 이렇게 살아서 되겠어? 왜 결혼했다는 이유로 남편이 있다는 이유로 하고 싶은 대로 하고 살면 안 되는데? 내가 뭐 손가락질 받을 만큼 나쁜 짓을 한 것도 아니고.

더운 바람이 감자 잎을 흔들고 지나갔다. 며칠 사이 감자 꽃은 말라비틀어졌고 잎은 갈색으로 변해 있었다. 루비통은 바람에 바스락거리는 감자 잎을 바라보며 유 회장의 이야기를 들었다.

―그 후 남편은 캠핑카를 몰고 집을 나갔어. 남편은 친구도 없는 집돌이인데 말이야. 옳다구나 하고 헤어지려는데 이혼을 안 해줘. 죽을 때까지 날 놓아주지 않고 사랑하겠다

는 거야. 내가 다른 남자와 재혼하지 못하도록 이혼을 안 해 준다는 거지. 남편 입장에서 보면 세상에 이런 지독한 사랑도 없지만 나한텐 끔찍한 사건이야. 그 때문에 이혼해달라고 밤마다 남편에게 전화 거는 이야기를 블로그에 썼어. 남편을 돌아오지 못할 곳으로 유배 보내는 이야기도 쓰고. 북극으로 남극으로 남편을 유배 보냈지. 태평양 한가운데로도 보내고. 그런 글들을 읽고 여자들이 응원해준 덕에 비밀 클럽을 만들었어. '남 주기 아깝지만'이라고. 남 주기 아까운 게 남편이지만 남에게 줘야 맘 편히 살 수 있다는 의미로 말이야. 남편은 재활용도 안 된다잖아. 이렇게 처음엔 수다만 떨었지.

—수다방이 어쩌다 여기까지 온 거예요?

유 회장은 테이블 위 화병에 꽂힌 들꽃을 손톱으로 짓이기고 미소를 지었다.

—수다의 힘으로 우리 클럽은 여기까지 왔어. 채팅방에서 수다를 떨다 내 카페에서 첫 오프라인 모임을 가졌지. 그때부터 한 달에 한두 번씩 만났어. 오프라인서도 만나기만 하면 남편 흉을 봤지. 없던 흉까지 찾아내 이야기하다 보면 스트레스가 싹 날아갔어. 그러던 어느 날 남편 팔아볼까, 하고 누군가가 외친 거야. 하지만 막상 남편을 데려오라고 하자

이게 뜻대로 되지 않았어. 어떻게 판매해야 할지도 몰랐고. 남편 경매를 한다는 생각은 꿈도 못 꿨지. 또 시지부지 남편 흉만 보며 살다 검정색 명함을 만들어 회원들에게 뿌렸어. 우리 같은 생각을 가진 여자들이 숨어 있을 것 같아서. 하지만 연락은 오지 않았어. 근데 몇 달 만에 새로 들어온 해리 씨가 남편 판다는 글을 올린 거야. 처음엔 반신반의했어. 재미로 올린 글이 아닐까 하고. 왜 당근마켓에서 남편 판다는 글이 올라온 적이 있었잖아.

―전 그걸 보고 충격을 받았어요. 어떻게 남편을 팔 생각을 했는지. 아무리 세상이 미쳐 돌아가도 그건 도를 넘은 거잖아요.

―난 통쾌하던데. 얼마나 남편이 못마땅했으면 그랬겠어. 오죽했으면 그랬겠냐고. 난 이해가 가더라고. 세상이 바뀐 거지. 사랑도, 사람도, 이젠 값을 붙이면 뭐든 다 팔 수 있는 시대니까.

―아무리 그래도 전 그때부터 당근마켓 안 들어가요.

―남편 말고도 살 게 얼마나 많은데 왜 안 들어가. 난 필요한 살림은 거기서 다 장만해. 카페 알바도 거기서 구하고. 화수분처럼 찾으면 다 나오거든.

루비통은 고개를 갸웃거리며 물었다.

―혹시 당근에 글 올린 사람이 해리 씨였던 거예요?

―그건 아냐.

―아니라고요? 내가 보기엔 그 사람이 해리 씨 같은데요. 당근에서 못 파니까 여기로 온 거겠죠.

―물론 우리도 처음엔 그런 줄 알았지. 근데 아니었어. 어떻게 이곳을 알았냐고 물었더니 백화점 화장실에 들어갔는데 누군가 명함을 불쑥 넣고 사라졌다는 거야. 자기는 이곳을 어떻게 알았을까?

―백화점에서 글쓰기 강좌를 듣다 옆에 앉은 여자에게 들었어요. 벤치에서 주웠다며 검정색 명함을 주더라고요.

―내가 뿌린 명함이 효과를 보긴 했네.

지금도 루비통은 이곳에 처음 경매 때문에 왔던 날을 잊을 수 없었다. 마당에 전시된 조각상을 본 순간 단번에 상기 씨를 닮았다는 생각이 들었다. 튤립도 상기 씨를 떠올리게 했다. 상기 씨가 좋아하는 꽃이 튤립이라 조각상 얼굴을 한번 더 봤는데 다시 봐도 닮아 보였다. 아직도 세상의 멋진 남자들은 다 상기 씨로 보여 조각상 얼굴을 만지고 집 안으로 들어갔다. 콘솔 위에 놓인 놋쇠 그릇과 부처 두상 조각이 가장 먼저 눈길을 끌었다. 청동으로 만든 부처 두상이야 어디가든 볼 수 있었지만 이것은 눈빛이며 코와 입이 익숙했다.

마당에 세워진 조각상과 터치감이 매우 유사해 한 사람이 만든 작품인 걸 알았으나 그때까지도 세상에 우연은 있다고 생각했다.

우연이라 치부하고 루비통은 부처 두상 옆의 결혼사진을 바라보았다. 햇빛이 비치는 고택 앞에서 튤립 부케를 든 남녀가 활짝 웃고 있었다. 얼마나 행복하면 저런 표정을 지을까, 하며 액자를 들었다가 하마터면 떨어뜨릴 뻔했다. 튤립 부케를 들고 웃는 남자는 상기 씨였다. 당황해서 어찌할 바를 몰라 액자를 움켜쥐었다.

이곳이 상기 씨가 그 여자와 사는 집이라는 걸 깨닫는 순간 눈앞이 하얘졌다. 상기 씨와 결혼한 여자가 카미유였다니. 오랜 세월 상기 씨와 결혼한 여자에 대해 귀를 막고 눈을 가렸음에도 엉뚱한 곳에서 알게 되다니. 이곳에서 상기 씨가 조각을 하며 살았다는 생각만으로 루비통은 숨이 막혔다. 나갈까. 아니 이곳을 도망칠까. 아냐, 왜 도망을 쳐. 그건 안 되지. 무슨 죄를 지었다고 도망을 쳐. 액자를 박살 내고 싶은 충동을 참고 있을 때 카미유가 다가오는 게 느껴져 정신을 바짝 차렸다.

―남편분이 너무 멋있게 잘생기셨네요. 여기 부처 두상도 멋지고. 어쩜 이렇게 아름답게 조각했을까.

아무렇지 않게 말한다고 했지만 루비통의 목소리가 떨렸다.
―제 남편이 직접 한 거예요. 이미 보셨겠지만 마당의 조각상도 남편이 만든 거고. 예술적 재능이 미켈란젤로만큼 풍부한 남자였죠. 이 멋진 남자가 내 남자라는 게 정말 좋았어요.
내 남자라는 말이 거슬려 루비통은 인상을 찌푸렸다. 카미유는 나의 존재를 알고 있을까. 상기 씨와 내가 사실혼 관계였고 계속 만나고 있었다는 걸. 하지만 알 리가 없었다. 안다면 편안하게 마주하지 못할 테니까. 마침 압구정이 들어와 그 틈에 루비통은 테이블로 가서 앉았다. 자리에 앉아서도 상기 씨의 흔적을 찾으려고 실내를 둘러보다 다시 부처 두상에 눈이 멈췄다. 상기 씨 집에 전세로 들어가 살 때 그가 준 것과 똑같은 것이었다. 부처 두상 오른편으로 한 뼘쯤 문이 열린 방이 보였다.
상기 씨 냄새가 나는 것 같아 그쪽을 쳐다보는데 유 회장과 경매사가 들어왔다. 두 여자가 주방 왼쪽 방으로 들어가 이야기를 나누는 사이 선글라스가 왔다. 얼마 안 있어 마틴과 해리가 차에서 내리는 걸 보고 그들을 맞으러 카미유가 나갔다. 화장실을 찾는 척하면서 루비통은 슬그머니 방문을 밀쳤다. 정면으로 책상이 보였고 왼편에는 침대가 있었다. 그 오른편으로 한쪽 벽을 차지한 붙박이장이 있었다. 안으로 한 발자국 들어가자 책상 위에 놓인 액자가 보였다. 상반신을 찍어 확대한 상기 씨 사진이었다. 가까이 가서 보려 했지만 카미유 목소리가 들려 얼른 방에서 나와 자리에 앉았다. 동시에 카미유가 마틴을 데리고 들어왔다. 클럽에 올라온 사진을 봤을 때보다 마틴은 상기 씨를 더 닮아 있었다. 죽은 상기 씨가 살아 돌아온 것 같아 벌떡 일어났지만 마틴은 눈길을 주지 않았다.

  경매에 참여하면서도 루비통은 마틴에게서 시선을 뗄 수 없었다. 사야겠다는 마음이 더 강해졌지만 마음먹은 대로 일이 잘 풀리지 않았다. 1억 3천밖에 없기에 일찍 경매를 포기하고 포크로 머핀을 짓이겼다. 그사이에도 두 여자는 번갈아가며 가격을 올렸다. 두 여자가 못 사게 훼방 놓기 위해 루비통은 이건 돼지 한 마리를 사는 경매 같다고 큰소리쳤다. 돈으로 구매자를 결정하는 게 아니라, 돈이 부족해도 더 많이 사랑해줄 수 있는 사람이 있다면 그 사람이 구매하도록 해야 한다고 정의로운 척 말했다.

  하지만 눈치 빠른 압구정은 돈이 부족해 상대의 마음에 호소한다는 걸 알아챘다. 마음이 급해진 루비통은 직접 마

틴에게 말을 걸었다. 돈 몇 푼 더 주는 사람한테 팔려 가는
게 뭐가 좋겠냐고. 칸트와 데카르트까지 들먹이며 당신을
사랑해주고 당신이 사랑할 수 있는 사람을 선택해야 한다고
역설했지만 효과가 없었다.

뜻이 관철되지 않아 충격요법을 썼다. 이 사회에 비밀 클
럽을 알리겠다고 협박하며 카메라를 들이댔다. 여자들 얼굴
을 클로즈업해 찍는데 카미유가 휴대폰을 밀치고 귓가에 속
삭였다. 당신이 누군지 내가 모른다고 생각하나? 여기가 어
디라고 얼굴을 들고 와? 순간 심장이 멎었다. 이미 자신의
존재를 알고 있었음에도 모르는 척 행동한 것이다. 알 수 없
는 굴욕감이 몰려왔다. 더는 그곳에 있을 수 없어 경매가 끝
나는 것도 못 보고 루비통은 전원주택을 도망쳐 나왔다.

그날부터 온통 상기 씨 생각을 하느라 하루하루를 어떻
게 살았는지 기억나지 않았다. 먹지도 못하고 자지도 못하
고 일주일을 보냈다. 살아 있는 상기 씨가 보고 싶었다. 상기
씨를 생각할수록 마틴이 떠올랐다. 마틴을 떠올리고 있으면
이상하게 위로가 됐다. 사진이라도 보려고 클럽에 들어갔을
때 마틴에 대한 2차 경매 공고가 떠 있었다. 마침 경매가 열
리는 날이었다. 경매에 참석하지 못하더라도 한 번은 카미
유를 만나야 해서 루비통은 마음이 급해졌다. 자신이 누구

인지 알 거라는 생각을 못 해 아무 말 못 하고 쫓겨 나온 게 후회됐다.

마음을 단단히 먹고 전원주택으로 차를 몰았다. 군부대를 지나 전원주택 진입로로 들어서려는데 저 멀리 나이 든 남자와 차에 올라타는 압구정이 보였다. 빠른 속도로 진입로를 빠져나가는 것으로 보아 화가 많이 난 것 같았다. 마틴을 못 산 게 틀림없었다. 그 뒤로 다른 여자들도 하나씩 차를 타고 전원주택을 나왔다. 마틴도 해리와 차에 타는 걸 보고 나서야 안심되었다. 차를 몰고 스쳐 지나가는 마틴을 보려고 고개를 돌렸으나 짙은 선팅으로 얼굴이 보이진 않았다. 마틴의 차가 저수지를 지나가는 걸 본 뒤 안으로 들어가 주차하고 현관문을 노크했다. 조금 후 카미유가 문을 열고 루비통을 노려보았다.

―지난번엔 사람들 이목도 있고 해서 조용히 내보내줬더니, 여기가 어디라고 다시 찾아와.

―생각해보니 도망칠 이유도, 카미유 님 앞에서 기죽을 이유도 없어서요.

루비통은 담담한 목소리로 말했다.

―내 남자와 내가 살던 집에서 부정한 짓을 저지르고 부끄럽지도 않은가. 내가 그 집에 산 걸 알면서 어떻게 뻔뻔하

게 전세로 들어올 수 있지? 최소한 양심은 있어야지. 난 내 남자를 불륜이나 저지르는 파렴치한으로 만들 수 없어 다 알고도 덮고 넘어간 거니까 그쪽도 돌아가도록 하지.

―뭔가 단단히 잘못 알고 계신 거 같아 진실을 말해주러 왔어요. 일단 좀 들어가죠.

카미유의 기세가 매서웠지만 밀치고 들어가 루비통은 테이블에 앉았다. 그녀는 자리에 앉지 않고 팔짱을 낀 채 손님처럼 서 있었다. 미세하게 굳은 얼굴은 불청객의 말을 무시하지 못하고 있음을 확연하게 드러냈다. 주방에서 김치를 담그던 천설화가 눈치 빠르게 자리를 피해주었다. 숨 막히는 정적이 거실을 채운 순간 루비통은 그녀의 눈을 똑바로 쳐다보았다.

―카미유 님, 잘 들으세요. 많이 아플 거예요. 아파도 들으세요. 진실은…… 내가 카미유 님보다 상기 씨를 먼저 만났고, 그 사람과 사랑을 했어요. 우리는 함께 살았고 그건 단순한 연애가 아니라 사실혼 관계였어요. 근데 상기 씨는 예술계에서 성공하기 위해 돈과 백이 필요했죠. 그걸 가진 사람이 누구였는지 잘 아시겠죠?

―뭐야?

그녀의 눈이 서서히 가늘어졌다. 얼굴이 하얗게 질리고

손끝이 떨리는 게 보였지만 가차 없이 루비통은 말을 쏟아냈다.

―그래요, 바로 카미유 님이에요. 그래서 난 상기 씨를 당신에게 보내주기로 했고 그 사람은 카미유 님과 결혼했죠. 하지만 그 결혼은 우리 둘의 계획이었어요. 단지 목적을 달성할 때까지만 떨어져 지내기로 했던 거죠. 대신 우리는 헤어지는 게 아니다, 우리는 조금 덜 자주 보는 것뿐이라고 생각했어요. 상기 씨가 얼마나 자주 집을 비웠죠? 격주로? 한 달에 한 번? 두 번? 그게 왜였을 것 같아요? 나랑 같이 살고 있었으니까요. 손가락을 다친 후에는 더 자주 왔죠. 따지고 보면 우린 헤어진 적이 없어요. 우리가 한 달에 한 번 보든, 일주일에 한 번 보든 그게 중요한 게 아니었어요. 중요한 건 우리가 끝난 적이 없다는 거죠. 상기 씨의 몸이 이 집에 머물 때도 마음은 늘 나와 있었어요.

마른침을 삼키는 카미유의 뺨이 붉어졌고 눈동자는 분노와 혼란으로 소용돌이쳤다. 얼굴에 스친 충격은 숨길 수 없는 것이었다. 흔들리는 눈동자 안에 담긴 감정은 아픔보다는 서서히 차오르는 분노에 가까웠다. 한참 동안 아무 말 못 하고 서 있던 그녀가 원하는 게 뭐냐고 입을 열었다. 원하는 건 마틴이었다. 지난번엔 당황해 도망쳤지만 애초에 그럴 이유가 없었기에 루비통은 다음 경매에 참여하겠다고 밝혔다. 상기 씨와 꼭 닮은 마틴을 사서 못다 이룬 사랑을 완성하겠다고 했다. 이번엔 카미유의 방해 없이 말이다.

―내가 그럴 수 없다면?

―그럼 뒷바라지해서 성공시키려던 남편이 사실은 허울뿐인 허수아비였고 불륜이나 저지르는 파렴치한이란 사실이 폭로되겠죠. 더불어 카미유 님과 대단한 그 집안의 이력과 명성에도 적잖은 스크래치가 나겠죠.

카미유의 얼굴이 완전히 굳어지는 걸 보고 루비통은 승리의 미소를 지었다.

―어머 이게 누구야. 원더우먼 아냐?

보는 사람이 난처할 정도로 짧은 미니스커트를 입은 압구정이 손을 흔들며 다가왔다. 노란색 미니스커트 아래로 나온 두 다리는 비쩍 말라 보였다. 루비통은 지난번엔 미안했다고 서둘러 사과했다. 압구정은 사과를 받아주고는 동영상은 찍지 말라고 당부했다. 유 회장이 왜 브루스는 데려오지 않았냐고 묻자 여름 감기에 걸렸다고 대꾸했다.

―근데 오늘은 감자 캐면서 마틴 성격 본다며?

―체력도 보고 성격도 보는 거죠. 일하는 것 보면 성격도

보이잖아요.

―그거 좋네. 사람은 여러 면에서 봐야 하잖아.

낡은 차 한 대가 마당으로 들어오더니 해리와 마틴이 내렸다. 자신도 모르게 상기 씨, 하고 불렀지만 목소리가 작아 마틴에게는 들리지 않았다. 그의 얼굴 위로 상기 씨 얼굴이 겹쳐졌다. 마틴은 우산을 빙글빙글 돌리며 날도 더운데 왜 감자를 캐는지 모르겠다고 투덜댔다. 비가 오려나 하고 하늘을 봤지만 구름 한 점 없었다.

시간이 지나도 회원들이 더는 오지 않자 카미유가 거실 창을 열고 작업복으로 갈아입을 사람은 들어오라고 했다. 유 회장은 압구정의 손을 잡고 집 안으로 들어갔다.

작업복을 입고 온 루비통은 선크림을 바르는 마틴 옆으로 갔다. 밀짚모자를 쓰고 그를 힐끗힐끗 뜯어보고 있을 때 옷을 갈아입은 여자들이 나왔다. 평퍼짐한 작업복 때문에 압구정은 스무 살은 늙어 보였다. 반면 트레이닝복을 입어도 카미유의 미모는 눈에 띄었으나 더는 곱게 보이지 않았다. 눈을 마주치지 않고 카미유는 마당 한쪽에 놓인 포대를 들었다. 마틴이 그걸 낚아채 밭까지 갖다주더니 감자는 캐본 적 없다면서 파라솔로 갔다.

―감자는 우리가 다 캐게 생겼네.

압구정이 볼멘소리를 하자 유 회장이 타일렀다.

―공짜로 이곳을 이용하는데 이 정도는 해줘야죠. 요즘 시골엔 노인밖에 없어 사람 구하기 어렵대요. 외국인 노동자도 이런 산골짜기엔 안 온대요.

유 회장은 이번엔 경매사를 부르지 않았다고 했다. 한 시간 하고 30만 원 주긴 아까워 자신이 경매사 역할도 겸한다며 두 명씩 한 조를 만들어줬다. 카미유와 압구정. 해리와 루비통. 유 회장은 포대를 나눠주고 역할 분담도 해줬다. 호미를 잡은 사람이 땅을 파서 감자를 캐면 나머지 한 사람이 그것을 포대에 담는 식이었다. 갈변한 잎과 시든 줄기를 한쪽에 쌓는 것도 감자 담는 사람이 할 몫이었다. 유 회장은 캔 감자를 마당으로 옮기는 일을 맡았다.

압구정이 호미를 들고 밭고랑에 들어가 시범적으로 감자 캐는 걸 보여주었다. 감자를 캘 땐 줄기를 잡고 호미로 흙을 한 움큼씩 떠내듯 파야 한다고 강조했다. 호미를 세게 내려치면 땅속 감자가 찍힐 염려가 있다는 것이다. 시범을 보이고 나서 압구정은 카미유와 첫 번째 밭고랑으로 들어갔다. 보란 듯이 압구정이 줄기를 확 잡아당기자 감자들이 우르르 딸려 나왔다.

금세 두 사람이 지나간 자리에 감자들이 수북이 쌓였다.

나이가 무색할 정도로 압구정은 손놀림이 빨랐다. 한두 번 캐본 솜씨가 아니었다. 압구정에서만 살았다는 사람이 언제 감자를 캤는지 알 수 없었다.

감자 캐는 걸 넋 놓고 바라보다 루비통은 해리와 그다음 밭고랑으로 들어갔다. 한 손으로 줄기를 잡고 호미로 흙을 퍼내는데 퍼더덕 하고 꿩이 날아올랐다. 한참을 날아가 땅에 내려앉은 꿩은 쏜살같이 감자밭 너머로 사라졌다. 금속 광택이 나는 화려한 꼬리를 가진 수꿩이었다. 동물은 인간과 달리 수컷이 화려한 경우가 많았다. 그러고 보니 마틴이 어딘지 수꿩과 닮아 있었다. 멋지게 보여야 암컷에게 선택당할 테니까.

루비통은 꿩이 있던 자리를 살폈다. 새하얀 솜털과 쪼아 먹은 감자 조각 사이로 깨진 꿩 알이 있었다. 또 꿩이 숨어 있을까 봐 조심스럽게 줄기를 잡아당겨 땅을 파자 주먹만 한 감자들이 딸려 나왔다. 캔 감자를 옆으로 놓고 땅속에 묻힌 꿩 알을 캐듯 다시 흙을 팠다.

―그나저나 걱정이네. 이러다 내가 밥 차려줘야 하는 것 아냐?

앞 조를 거의 따라잡았을 때 압구정이 말했다. 루비통은 압구정에게 다가가 작은 목소리로 마틴을 포기하는 거냐고 물었다. 압구정은 거세게 손을 내저었다. 정당한 대가를 지불하고 전용 요양사로 쓸 거라 했다. 자신을 100퍼센트 케어해줄 남자는 마틴밖에 없다면서 말이다.

어쩌면 카미유만큼이나 센 경쟁자가 압구정인지 몰랐다. 돈만큼은 많아 보이는 여자였다. 하지만 자신에겐 돈도 없었고 미모도 뛰어나지 않았다. 죽은 남자도 사랑하는 마음만은 두 여자보다 뛰어날까 싶었지만 이젠 그것마저 사라지는 것 같아 호미로 흙을 찍었다. 팅. 흙 속의 돌을 찍었는지 호미 날에서 불꽃이 튀었다. 호미로 흙을 긁어내자 땅속에 박힌 뾰족한 돌이 보였다. 돌에 눌려 기형적으로 변한 감자는 따로 놓고 루비통은 다시 호미질을 했다. 팅, 팅. 또 불꽃이 튀면서 오래전 상기 씨와 감자를 캔 기억이 피어올랐다.

초여름이 되면 상기 씨 고향인 강원도에 내려가 감자를 캤다. 산골짜기라서 동네 사람들 대부분은 감자를 심어 수익을 올렸다. 그날은 날이 더워 감자를 반쯤 캐고 나자 허기가 져 밭에 드러누웠다. 잎과 줄기가 깔려 있어 흙바닥은 딱딱하지 않고 말랑말랑했다. 얼굴이 탄다며 상기 씨는 밀짚모자를 벗어 루비통의 이마에 씌워주었다. 햇빛이 찢어진 밀짚모자를 뚫고 들어와 눈을 감는데 상기 씨가 무릎 높이까지 자란 감자 줄기 아래로 루비통을 밀어 넣었다. 갈변한 잎들 아래로 상체가 파묻혀 그늘이 생겼다. 밀짚모자를 들어 올리자 잎들 사이로 깨진 하늘이 보였다.

다시 밀짚모자로 햇빛을 가렸을 때 상기 씨가 옆에 눕더니 허벅지에 몸을 밀착시켰다. 물컹한 게 허벅지에 와 닿으면서 잎들이 출렁거렸다. 불에 덴 듯 몸을 뗐지만 상기 씨는 바지를 끌어 내리고 배 위로 올라왔다. 누가 볼까 두려워 밀어내자 상기 씨는 루비통의 입을 틀어막고 몸을 밀어붙였다. 상기 씨가 배 위에서 숨을 몰아쉴 때마다 반쯤 드러난 엉덩이가 햇빛에 반짝였다.

일이 끝난 후 상기 씨는 배 위에서 몸을 축 늘어뜨린 채 잠이 들었다. 물컹한 것이 몸에서 빠져나가지 않게 두 다리를 오므리고 상기 씨의 젖은 뺨을 핥아주었다. 거친 수염이 혀를 찔렀지만 싫지 않았다. 땀을 다 핥아주고 햇빛에 탈까 봐 밀짚모자로 엉덩이를 덮어주는데 상기 씨가 다시 몸속으로 들어왔다. 그 생각에 얼굴이 달아올라 감자 줄기를 쥐어뜯다 밀짚모자를 떨어뜨렸다. 모자를 주워 다시 쓰고 감자밭에서 나눈 사랑 이야기를 꺼내자 해리가 일손을 멈추고 밭고랑에 앉았다.

—산 중턱에 있는 감자밭이었는데 아래로 마을이 내려다보였어요. 멀리에서도 감자 캐는 사람이 있었고 나무 아래

서 쉬는 사람도 있었죠. 바람은 불지 않고 햇빛은 따갑고. 그런 밭에서 사랑을 나눴죠. 지금도 감자밭을 보면 가슴이 쿵 딱거려요. 하지만 그 남자를 다른 여자에게 보내줬어요. 제겐 그의 꿈을 이뤄줄 수 있는 게 아무것도 없었거든요. 돈도, 명예도, 집안도, 능력도.

─어떻게 사랑하는 남자를 다른 여자에게 보내요?

해리가 눈을 동그랗게 뜨고 물었다.

─사랑하니까요.

─사랑한다면 절대 못 보낼 것 같은데.

─하지만 난 사랑해서 보낼 수 있었어요. 연어처럼 그 남자는 내게 돌아올 수밖에 없다는 걸 아니까요.

해리가 한숨을 내쉬더니 호미로 땅을 쪼아댔다. 그녀에게 있어 사랑이 뭔지 궁금해 루비통은 눈빛을 반짝였다. 남편을 파는 여자라면 사랑에 대한 남다른 결론이 있을 것 같아서였다.

─내게 사랑이란 종이배 같은 거였죠. 물에 젖어 가라앉아버리는 종이배 같은 것.

루비통은 감자 줄기에 들러붙은 달팽이를 보고 쓸쓸한 미소를 지었다. 낯선 타인에게 상기 씨 이야기를 할 줄은 몰랐는데 내심 누군가에게 하고 싶었던 모양이었다. 그 사람을 결혼으로 떠나보냈지만 결코 보낸 게 아니었다. 그가 다른 여자와 결혼한 후에도 계속 동거했고 늘 그 사람을 기다리며 살았다. 그 사람이 결혼하기 전 몇 번이나 이렇게 살 수 있겠느냐, 정말 괜찮겠느냐, 후회하지 않겠느냐, 아프지 않겠느냐고 물었다.

 그때 이렇게 대답했다. 난 절대로 그 여자의 얼굴을 보지 않을 거야. 얼굴을 보면 나 말고 다른 여자가 있다는 걸 의식하게 될 테니까. 내겐 그 여자가 존재하지 않는 거야. 당신과 한 달에 한 번 보든 1년에 한 번 보든 상관없어. 당신과는 주말부부, 월말부부, 연말부부로 지내는 것뿐이야. 난 그렇게 생각할 거야. 그 여자에 대한 어떤 이야기도 하지 마. 내게 거짓말을 해. 그 여자 때문에 못 오는 경우엔 출장 간다고 말해. 그 여자와 밥을 먹고 오는 날엔 동료 조각가들과 모임을 했다고 해. 난 그 거짓말을 진실인 것처럼 믿을 거야. 달라지는 건 없어. 밥해놨는데 미리 얘기 안 해줬다고 화낼 거고 기념일 잊고 넘어갔다고 삐질 거야. 그런 사소한 일로 티격태격 부부 싸움할 거고 여느 부부처럼 일상적인 삶을 살 거야. 그러니 괜찮아. 후회하지도 않고 아프지도 않을 거야.

 루비통은 흘러내린 머리카락을 밀짚모자 속으로 밀어 넣고 다시 땅을 팠다. 상기 씨가 죽고 나서 그 사랑을 누구도 대체하지 못할 거라 생각했지만 마틴을 본 순간 마음이 바뀐 것이다.

감자 다섯 포대를 캤을 때 천설화가 쟁반에 바게트를 담아 들고 왔다. 밭고랑에 둘러앉아 바싹 구운 바게트와 사과즙을 먹었다. 천설화에게 감자를 캐자고 했지만 칼질하다 손을 다쳤다며 서둘러 쟁반을 들고 마틴에게 갔다. 두 사람은 파라솔 아래 앉아 한가롭게 정담을 나눴다.
　이번엔 역할을 바꿔 해리가 호미를 잡았다. 하지만 손놀림이 느려 속도가 나지 않았다. 상기 씨와 감자를 캔 적이 있는 자신이 더 나아 다시 호미를 잡았다. 그때 앞쪽에서 계속 당하고 있던 카미유가 압구정에게 대들었다.
　―할머니, 연하남 킬러죠?
　압구정의 얼굴이 창백하게 변했다. 경매 때 마틴에게 추파 던지는 것도 봤고, 괜히 어깨 만지고 팔뚝 만지는 것도 봤다고 하자 압구정은 무심하게 뿌리에 달린 감자만 땄다.
　―경매 나온 남자에게 추파 던지는 게 이상해? 그리고 늙은 여자는 연하남을 좋아하면 안 되나? 나 연하남 좋아해. 그게 어때서? 연하남 좋아하는 게 죄는 아니잖아. 물론 연하남 좋아해서 경매도 뛰어들었고.

논리정연한 말에 카미유는 반박 한마디 못하고 아랫입술을 깨물었다. 아름다운 얼굴과 다르게 그녀는 성깔이 있는 팜므파탈이었다. 고상한 척, 우아한 척 다 하지만 뭔가 못마땅하면 드러내는 성깔은 상기 씨와 부딪쳤을 것이다. 카미유는 자신의 공격이 효과를 못 보자 노골적으로 나이를 들먹였다. 노련하게 압구정은 받아쳤다.

 ―내가 내 나이 생각하고 놀아야 해? 카미유야말로 꼰대 아냐? 고리타분하긴. 꼭 연상남만 좋아해야 해? 난 연하남이 좋아. 바라보고 있으면 젊어지거든. 어디 그것뿐이야. 연하남과 이야기만 하고 있어도 활력이 생겨. 그거 알아? 이 세상은 연하남들로 인해 돌아가고 있다고. 지금 한창 사무실에서 공사 현장에서 하늘에서 바다에서 들에서 일하는 사람들은 모두 다 연하남들이라고. 이 세상 모든 연하남들과 이 감자를 나눠 먹고 싶어. 늙어가는 나를 케어해줄 사람은 연하남밖에 없단 말이야.

 지원사격이라도 해주고 싶었지만 그러지 않아도 될 정도로 압구정은 그녀를 밀어붙였다. 그걸 본 남자가 괭이를 메고 뛰어와 동생을 괴롭히는 사람은 다 죽일 거라고 악을 썼다. 괭이를 내리치는 줄 알고 압구정은 기겁하며 자신의 등 뒤로 와서 숨었다. 마침 집 안에서 천설화가 뛰어나와 남자를 밀어냈다. 남자는 카미유의 오빠였다.

감자밭 끝까지 간 남자가 어느 순간 손에 뭔가를 들고 다시 뛰어왔다. 손에 들린 건 뱀이었다. 남자는 손에 쥔 뱀을 압구정 앞에 던졌다. 땅에 떨어진 뱀이 머리를 곧추세우고 기어가는 걸 보고 압구정이 뒷걸음질 쳤다. 뱀이 압구정 앞까지 기어갔을 때 남자가 괭이를 내리쳤다. 두 동강 난 뱀의 머리 부분과 꼬리 부분이 다른 방향으로 꿈틀거렸다.

카미유가 언성을 높이고 나서야 남자는 두 동강 난 뱀을 집어 들고 갔다. 하지만 얼마 못 가 몸을 돌려 마틴에게 갔다. 어? 상기다. 상기야. 아닌가? 상기 아니야? 그 말에 당황한 천설화가 남자의 소매를 잡아끌고 상기 씨가 아니라고 알려주었다. 그런데도 남자는 이름을 불러대며 덩실덩실 감자밭으로 뛰어갔다. 밭을 매고 있을 땐 몰랐는데 하는 말과 행동이 일반적이지 않았다.

남자의 출현으로 분위기가 어수선해져 다들 감자를 캘 의욕이 없어 보였다. 그래서 루비통이 경매를 하자고 했으나 여자들은 감자를 삶아 먹자고 했다. 어쩔 수 없이 캔 감자를 들고 들어가 여자들과 싱크대에 서서 씻었다. 씻은 감자를 천설화가 솥단지에 담아 가스불 위에 올려놓았다. 서서히 감자 익는 냄새가 났다.

테이블에 앉아서도 루비통은 상기 씨를 떠올렸다. 옆에 앉은 마틴이 밀짚모자가 멋지다며 벗겨 들더니 자기 머리에 썼다. 그 모습은 완전 상기 씨였다. 그 모습을 바라보는 사이 압구정이 모자를 낚아채 자기 머리에 눌러썼다. 여자들이 한 번씩 다 돌아가며 모자를 쓰고 났을 때 천설화가 삶은 감자를 소쿠리에 담아 내왔다.

여자들은 김이 모락모락 나는 감자를 하나씩 집었다. 누군가는 껍질이 안 벗겨져 투덜댔고 누군가는 단번에 껍질을 벗기고 좋아했다. 뜨거워서 감자를 바닥에 떨어뜨린 사람도 있었다. 누군가는 감자를 먹을 때면 호스피스 병동에서 죽은 엄마 생각이 나고 또 누군가는 자살한 아버지 생각이 난다고 했다. 또 누군가는 암에 걸려 죽은 개가 생각난다고 눈시울을 붉혔다. 경매에 참여하러 온 게 아니라 속에 맺힌 이야기를 하러 온 사람들 같았다.

이야기가 끝났을 때 다시 경매를 하자고 했지만 감자 맛에 빠져 아무도 동조하지 않았다. 그때 카미유가 정말 궁금하다는 표정으로 루비통에게 왜 마틴을 사려는지 물었다. 뻔히 이유를 알면서 모른 척 시치미를 떼고 묻는 게 얄미워 각을 세워 말했다.

―카미유 님과 비슷한 이유가 아닐까요?

―제 이유가 뭔 줄 알고 그런 말을 하는 거죠? 전 죽은 남편과 닮은 마틴 씨를 남편으로 맞이하고 싶어서인데. 루비통 님 남편도 마틴 씨와 닮았나 보죠?

완전히 닮았다고 했지만 카미유는 귀담아듣지 않고 돈은 준비했냐고 되받아쳤다. 지고 싶지 않아 돈을 많이 가져왔다고 엄포를 놓았다. 어떻게든 마틴을 사서 다시 사랑할 거라고 하자 압구정이 의아한 눈초리로 서로 아는 사이냐고 물었다. 지난번에도 경매 끝났을 때 루비통 차가 들어오는 걸 봤다는 것이다. 루비통은 고개를 젓고 그땐 놓고 간 게 있어 왔다고 둘러댔다.

감자를 먹고 나자 여자들은 일이 있다면서 하나둘 일어났다. 카미유가 감자를 한 봉지씩 담아 여자들에게 줬다. 루비통도 감자 한 봉지를 받아 들고 차에 올랐다. 마틴을 사고 싶은데 돈을 얼마나 더 구해야 할지 막막했다. 3차 경매는 열리지도 못하고 감자만 먹고 끝나버렸다.

7. 천설화

　버스를 세 번 갈아타고 부천에 사는 강 목사를 만나러 갔다. 9년 전 강 목사가 연변에 팔로힘 교회를 세웠을 때부터 시작된 인연이었다. 팔로힘이란 말이 좋아 그때부터 교회에 나갔다. 그를 따르라는 말. 그가 예수를 가리키는 말인 걸 알았지만 강 목사라 생각하고 교회에 다니다 한국에 돈 벌러 온 것이다. 따라서 한국에서 의지할 사람은 강 목사밖에 없었다. 카미유 집에 입주 가정부로 가게 해준 것도 강 목사였다. 한때 강 목사의 교회 성도 중 한 사람이 카미유였다.
　녹음이 우거진 근린공원에서 내린 천설화는 트랙을 따라 안쪽으로 걸어갔다. 와이파이가 잘 터지는 자판기 앞에 기대서서 오필에게 카톡 전화를 걸었다. 여전히 전화를 받지 않았다. 연변 친구를 통해 알아보니 일주일 전 오필은 같은 공장에 다니는 동료와 베이징에 갔다고 했다.

휴대폰을 주머니에 넣고 자판기 뒤쪽으로 난 오솔길을 따라 강 목사의 집으로 향했다. 하얗게 꽃망울을 터뜨린 개망초 군락지를 지나다 과일도 사지 않은 걸 깨달았다. 과일가게를 찾아갈까 하다 귀찮아 개망초를 꺾었다. 머리끈으로 꺾은 개망초를 묶고 다시 오솔길을 걸어 길 끝의 집으로 들어갔다.

마당에 있던 삽살개가 천설화를 보고 어슬렁어슬렁 다가왔다. 자주 봐서 얼굴을 기억하는지 삽살개는 짖지 않았다. 개집 지붕에 있던 장닭이 날개를 퍼덕이며 머리 위로 날아올랐다. 반대편으로 내려앉은 장닭이 쪼아댈까 봐 뒤로 물러서는데 강 목사가 집 안에서 나왔다. 안 본 사이 강 목사는 안경을 끼고 있었다.

―쉬는 날도 아닌데 어떻게 왔어?

―목사님 만나러 간다고 했죠.

―원영미 씨는 괜찮아졌나? 카미유 말이야. 며칠 전 통화할 때 목소리가 안 좋던데.

―그나마 요즘은 나아졌어요. 우울함을 떨쳐내려고 밭일도

열심히 하고 있어요. 일할 때나마 잠시 사장님을 잊는대요. 그리고 사장님을 닮은 남자…… 아니 이건 할 말이 아니네요.

불쑥 마틴 이야기가 튀어나와 얼버무렸다. 카미유는 집 안에서 일어난 일을 밖에서 말하는 걸 싫어했다. 집에서의 일이 강 목사의 귀에 들어갈까 봐 애초부터 입단속을 시켰다. 다행히 강 목사는 하다 만 이야기에 대해선 묻지 않았다. 카미유의 남편이 죽었을 때 장례 예배를 해준 게 강 목사였다. 장례 예배 내내 강 목사는 그녀의 남편이 예술 활동에 얼마나 열정적이었는지 열변을 토했다.

강 목사는 삽살개의 머리를 쓰다듬어주고 오필의 안부를 물었다. 사실대로 말하지 못하고 오필이 여행이라도 떠난 것처럼 베이징에 갔다고 했다. 신혼여행으로 간 곳이 베이징이었다. 천안문 광장이 보이는 호텔에서 3박 4일 머무는 동안 아침을 먹고 나면 둘이 골목 투어를 했다. 진회색 담장들로 이어진 골목이라 특별할 게 없었지만 오필은 신기하다는 듯이 걸어 다녔다. 다리가 아파 쉬자고 하면 마지못해 쉬었으나 일어나면 다시 사람 키보다 높은 담장 골목으로 들어갔다. 골목을 걸어 다니느라 다리 아픈 기억밖에 없는데도 오필은 베이징에서 살고 싶어 했다.

천설화는 손에 쥔 개망초를 강 목사에게 건넸다. 개망초를 받아 들고 강 목사가 오필에게 전화를 걸었지만 통화는 되지 않았다. 강 목사는 휴대폰을 주머니에 넣고 눈을 보호하려 안경을 썼다면서 며칠 전 각막 기증 서약을 했다고 말했다. 한 명의 뇌사자가 장기 기증을 하면 최대 아홉 명에게 새로운 삶을 줄 수 있다는 것이다. 각막은 10세 이상의 건강한 사람이면 근시나 원시나 난시에 상관없이 기증할 수 있다고 했다. 하지만 단 B형이나 C형 간염 환자와 활동성 패혈증이나 백혈병이 있는 사람은 기증할 수 없다고 말했다. 현재 20만 명가량의 시각장애인 중 10퍼센트는 각막 이식을 받으면 밝은 세상을 볼 수 있다고 했다.

―내 친구가 각막 기증을 받아 세상을 봤을 때 깨달았어. 하나님은 우리 주변에 존재한다고. 목회 활동 내내 보지 못한 하나님을 비로소 보게 된 거지.

―하나님을 보셨다고요?

―내 친구에게 각막을 기증한 사람, 그 사람이 하나님이었지. 그 사람을 통해 난 하나님을 본 거야. 나중에 내 눈을 통해 누군가가 세상을 본다면 그 사람도 하나님을 보게 될 거야. 자신의 눈을 주고 떠난 김수환 추기경처럼 나도 누군가에게 세상을 볼 수 있는 빛을 전하고 싶어. 앞을 보지 못하는 사람에게 세상을 보게 해주는 일이 교회에 앉아 하나님

을 부르짖는 것보다 훨씬 의미 있어 각막 기증 서약을 했지. 이것이 내 삶의 마지막 선교가 될 거란 생각에.

—이제껏 오지를 돌며 하나님을 위해 선교하셨잖아요? 그걸로 부족하세요?

—그건 하나님을 위해서가 아니라 내가 좋아서 한 거지. 난 내 전부를 내놓은 적이 없어.

—선교에만 충실하려고 결혼도 하지 않았잖아요?

—결혼? 했지. 난 하나님과 결혼했어. 하나님과 사랑하고 하나님과 대화하고 하나님과 같은 곳을 바라보고 하나님과 같은 걸 느끼고 하나님과 항상 같이 있잖아. 가끔씩은 불평도 하고 원망도 하지만. 물론 다음날 죄송하다고 사죄도 하고. 이게 결혼 아니면 뭐겠어?

—그게 결혼이면 저는 오필 씨와 결혼을 한 게 아니네요.

장닭이 날개를 퍼덕이더니 개집 위로 올라가 앉았다. 강 목사는 현관 앞에 있는 화병에 개망초를 꽂고 수돗가에서 물을 받아 부었다. 한국 가는 문제로 오필과 싸우고 나면 교회에 가서 우두커니 개망초를 바라보던 게 떠올랐다.

엊그제 밤에도 천설화는 연변 생각이 나서 천창을 올려다 보았다. 천창에서 혼자 외롭게 자는 꿩을 보자 단단하게 옥죈 감정이 풀어지면서 더욱 오필 생각이 났다. 별 하나에 추억과, 별 하나에 사랑과, 별 하나에 쓸쓸함과, 별 하나에 동경과, 별 하나에 시와, 별 하나에 오필 씨, 오필 씨……. 언젠가 카미유가 낭송하던 윤동주의 시를 읊조리고 나자 허기가 졌다. 당장 비행기를 타고 날아가 그의 몸을 핥고 나면 허기가 채워질 것 같았지만 그럴 수도 없어 헛헛한 마음을 달래려고 마당으로 나갔다.

파라솔 아래 앉아 오필 생각에 빠져 있을 때 집 안에서 카미유가 나와 맞은편에 앉았다. 오필 이야기를 꺼내려다 하지 않았다. 남편이 죽은 후 상처에 빠진 여자에게 오필 이야기를 하는 건 실례였다. 카미유는 소쿠리에 담긴 삶은 감자를 집어 껍질을 깠다.

―그이 때문에 감자를 심었는데 이렇게 나 혼자 먹네. 난 도시에만 살아 감자꽃이 핀 것도 이곳에 와서 첨 봤어. 이 밭을 사면서 그이한테 뭘 심으면 좋겠냐고 묻자 감자가 좋겠다고 해서 심은 거야. 감자꽃이 밤에 보면 아름답다고 해서. 그이가 강원도 태생이거든.

이곳의 밤은 연변의 밤만큼 시커멓고 별이 많았다. 천설화는 밤하늘을 올려다보고 나서 카미유에게 물었다.

―사장님 돌아가시고 많이 쓸쓸하시죠? 어느 때가 가장 쓸쓸하세요?

─그이의 자리를 무엇으로도 채울 수 없을 때.

그 대답이 천설화의 가슴을 깊숙이 찌르고 들어왔다. 무엇으로도 대신할 수 없는 오필의 얼굴, 웃음소리, 따뜻한 손길이 떠올랐다. 카미유는 자리에서 일어나 남자 조각상 앞으로 가더니, 당신은 내게 이런 아픔을 남겨주고 그곳에서 잘 지내냐고 물었다.

─당신 참 나쁜 거 알지? 나를 두고 갑자기 가버리는 게 어딨어? 난 어떡하라고. 내게 기회를 주고 갔어야지. 당신에게…… 시간을 줬어야지.

군부대에서 들려오는 함성에 마지막 말을 제대로 듣지 못했다. 무슨 시간을 줬어야 한다는 건지 알 수 없어 빈칸에 단어를 넣어보았다. 당신에게 사랑할 시간을 줬어야지? 이건가? 한데 표정을 보니 그 말이 아닌 것 같았다. 당신에게 노력할 시간을 줬어야지? 이것도 아니었다. 당신에게 치유의 시간을 줬어야지? 이것도 아니었다. 당신에게와 시간을 사이에 행복, 열정, 미래 같은 단어를 넣어도 뭔가 딱 들어맞지 않아 귀를 쫑긋 세웠다.

─왜 내가 당신 없는 세상에서 이런 아픔을 감당해야 해. 당신이 없으니 이곳은 더욱더 깊은 암흑인데 이 암흑 같은 곳에 나만 남겨놓고 가버리면 어떡해. 당신과 함께한 순간

들이 이 암흑 속에서 잊히는 거 같아. 시간이 갈수록 하나둘이 암흑 속에 묻혀 지워지는 거 같아. 하지만 걱정하지 마. 당신의 마지막 순간은 죽을 때까지 잊지 않을 테니까. 어찌 그날을 잊을 수 있겠어.

땅에서 쏘아 올린 조명등 불빛 사이로 두 마리씩 들러붙은 러브버그가 떼 지어 다녔다. 자고 일어나면 마당과 조각상 위에는 검게 탄 지푸라기처럼 러브버그가 죽어 있었다. 러브버그만큼이나 죽은 달팽이도 많아 치우는 일이 늘었다. 카미유는 징그럽지도 않은지 조각상의 코에 붙은 달팽이를 손으로 누르고는 남편에게 다른 여자가 있었다고 고백했다.

—가족에게도 친구들에게도 그건 말 안 했어. 자존심이 허락하지 않아서. 내가 사람을 잘못 봤다는 것, 그이에게 이용당했다는 것도 뒤늦게 알았어. 물론 이런 일로 사람들의 입방아에 오르고 싶지도 않고. 남편 마음 하나 사로잡지 못한 걸로 동정받고 싶지도 않아. 이 바닥 사람들 예술 한답시고 고상한 척하지만 가십거리 터지면 그걸 이용해 나와 우리 집과 그이를 흠집 내려고 기를 쓸 거야.

—그런데도 사장님을 잊지 못하고 사랑하시다니…….

—사랑? 그래, 그렇지. 잊지 못하는 것도 사랑인지도.

카미유는 무슨 말을 더 하려다 입을 다물었다. 앙다문 입은 울음을 참는 건지 웃음을 참는 건지 알 수 없었다.

―마틴 씨를 사면 사장님의 자리가 채워지겠죠?

―글쎄, 어떤 자리를 채우느냐가 문제겠지.

―그게 무슨 뜻이에요?

―아, 아냐, 아무것도. 내가 마틴 씨를 사려는 이유를 말해도 모를 거야.

―그게 뭔데요?

천설화는 호기심을 참지 못하고 물었다.

―알 필요 없어.

카미유가 집 안으로 들어가자 이내 서재에 불이 켜졌다. 침대에 걸터앉은 그녀의 모습이 창에 비쳤다. 마틴을 사려는 이유는 물론이고 조금 전 한 그녀의 말도 알쏭달쏭해 이해되지 않았다. 아직도 잘 이해 못하는 한국말이 있는 것일까. 마틴이 채워줄 자리라는 것이 사랑하는 남편으로서의 자리 말고 무엇이 있단 말인가. 지금 자신에게는 그저 옆에 있어만 주면 좋을 거 같은 남편 자리 외에는 어떤 것도 떠오르는 게 없었다. 남자는 벌써 자는지 농막의 불이 꺼져 있었다. 전원주택에도 방이 있었지만 남자는 밥을 먹을 때 외에는 늘 농막에서 지냈다.

―괜히 한국으로 설화 씨를 불러들였나 봐.

천설화는 고개를 젓고 삽살개의 머리를 쓰다듬었다. 연변에 살 때도 강 목사가 여러모로 도와줬지만 한국엔 자신의 의지로 온 것이었다. 오필에게 과일가게를 차려주기 위해 악착같이 돈을 벌려고 말이다. 이런저런 하소연을 하러 왔으나 오필 이야기는 꺼내지 못하고 천설화는 갈 채비를 했다. 강 목사를 만나면 평온해질 줄 알았는데 되레 더 심란해졌다. 강 목사는 벌써 가냐고 서운해했다. 짝퉁 가방에서 5만 원을 넣은 봉투를 꺼내 줬으나 강 목사는 받지 않았다. 봉투를 가방에 넣고 오솔길을 걸어 나갔다.

자판기 앞에서 걸음을 멈추고 천설화는 지나가는 사람들을 바라보았다. 양산을 쓰고 걸어가는 여자, 백화점 쇼핑백을 들고 가는 남자, 민소매 티에 핫팬츠를 입고 트랙을 뛰는 노인. 유모차에 개를 태워 산책하는 할머니. 비도 안 오는데 우산을 쓰고 앉아 있는 남자도 있었다. 그 끝으로 앵두나무가 보였다. 지난번에 왔을 땐 익지 않아 파랗던 열매가 어느새 빨갛게 물들어 있었다. 아이들 서넛이 가지를 하나씩 휘어잡고 주렁주렁 달린 앵두를 따 먹고 있었다. 천설화도 그 틈에 끼어 앵두를 따 먹고 아이들처럼 퉤퉤 씨를 뱉었다.

공중화장실에 가 손을 씻고 자판기 앞 벤치로 갔다. 술에

취한 사람이 널브러져 자고 있어 우산을 쓴 남자 옆으로 갔다. 남자가 엉덩이를 들어 옆으로 옮기며 자리를 내주었다. 고마워요, 하고 인사를 하다 우산 속 남자와 눈이 마주쳤다. 마틴이었다. 천설화는 고개를 꾸벅 숙여 안녕하세요, 하고 인사를 했다. 어? 안녕하세요. 마틴도 놀란 얼굴로 인사를 했다. 막상 아는 척했지만 서먹서먹했다. 아는 사람이라고 하기에도 모르는 사람이라고 하기에도 어색해서 계속 앉아 있어야 할지 고민하다 아무 말이나 꺼냈다.

―이곳 참 좋네요. 여유롭고 평화로워 보여요.

―그렇죠? 저는 여기 자주 나와 사람들을 관찰해요. 사람 구경이죠.

―저 사람들은 걱정 하나 없겠죠?

한숨과 함께 속에 있는 말이 튀어나왔는데 마틴이 표정을 읽으려는 듯 쳐다보았다. 당황한 천설화는 자세를 고쳐 앉았다. 마틴은 우산을 접어 벤치에 기대놓더니 밝은 표정으로 말했다.

―음…… 저 사람들도 걱정 하나씩은 있을 거예요. 저기 개모차에 반려견 산책시키는 할머니 보세요. 저 할머니는 자신이 먼저 세상을 떠나면 혼자 남겨진 노령견을 돌봐줄 사람이 없을까 봐 걱정일 거예요. 저기 두 아이의 엄마를 보

세요. 저 애들이 커가면서 돈 들 일이 점점 많아질 생각에 한 걱정하고 있잖아요. 저 양복 입은 남자 보세요. 이 시간에 양복 입고 공원에 앉아 있는 건 외근 나왔다가 회사로 들어가기 싫어 스트레스 만땅 받고 있는 거예요. 그리고 저를 보세요. 와이프가 팔려고 해 앞으로의 삶이 어떻게 될까 한걱정하잖아요. 근데 앵두 따 먹었죠?
─그걸 어떻게?
─입술이 벌게서요. 저도 공원에 나오면 앵두 따 먹어요. 새벽에 밥 안쳐놓고 나와 따 먹은 적도 있어요.
　천설화는 물티슈로 벌건 입술을 닦고 다시 휴대폰을 봤다. 여전히 오필에게 온 카톡은 없었다. 연락이 안 되니까 피가 바짝바짝 마르다가도 갑자기 화가 났다. 예전엔 전화도 늘 먼저 했는데 어느 때부터 일주일에 한두 번으로 뜸해지더니 나중엔 열흘에 한 번이 되었다. 통화 시간도 한 시간에서 30분으로 줄더니 어느새 5분으로 줄었다. 3분 만에 끊는 경우도 허다했다. 카톡 전화로 하면서도 통화료 많이 나온다는 핑계를 대고 일찍 끊었다. 그런데 이제 오필은 전화를 받지 않았다. 부재중 전화가 찍혔을 게 뻔한데 전화는 오지 않았다. 천설화는 강 목사에게 하려던 말을 마틴에게 간추려 했다. 결혼한 적 없는 목사보다 결혼한 남자에게 얘기해야 객관적인 조언을 들을 수 있을 것 같았다.

─사정이 있거나 일이 바빠 전화를 못 하는 것이길 진심으로 바라지만, 남자의 직감으로 봤을 때 연락을 피하는 거 같네요. 그런 거라면 이 남자 너무 비겁한데요? 사정이야 뭐가 됐든 이런 방식은 아니죠. 속 썩이는 것도 모자라 비겁하기까지 한 남편이라면 팔아버리세요.

예상치 못한 말에 천설화는 웃음이 나왔다.

─일단 찾아야 팔든 말든 할 텐데요.

─음…… 그럼 베이징으로 찾으러 가보는 건 어때요?

─서울에서 김 서방 찾기보다 어려운 게 베이징에서 왕 서방 찾기예요. 남편은 베이징을 좋아해요. 오죽했으면 제가 서울로 신혼여행 가자고 했는데도 베이징에 갔겠어요. 전 습하고 덥기만 한 기억밖에 없는데.

베이징에서 오필은 천안문 광장을 보고 놀랐다. 이렇게 클 줄 몰랐다며 크기에 압도당했다. 전생에 왔던 곳 같다면서 오필은 황제 옷을 빌려 입고 자금성 안으로 들어갔다. 천설화는 신하가 입는 옷을 입고 뒤를 따라갔다. 오필은 자금성 안을 돌아보다 태화전으로 한 발 한 발 위엄 있게 걸어갔다. 옆에서 천설화는 그림자처럼 손에 든 부채로 햇빛을 가려주었다. 오필은 용좌에 앉아 여봐란듯이 천설화를 불렀다. 모든 걸 다 들어주겠다는 마음으로 천설화는 명령을 기다렸다. 자신을 지배하는 한 나라의 군주가 오필이라고 생각했다. 오필은 근엄한 표정을 짓고는 수박을 사 오너라, 하고 명령을 내렸다.

총총걸음으로 자금성을 나와 수박을 찾아다녔다. 상점마다 들러 수박이 있냐고 물었지만 없었다. 20분간 일대를 돌다 빈손으로 다시 자금성으로 들어갔다. 그때까지 오필은 다른 신하들과 자리에 앉아 수박을 기다리고 있었다. 그사이 신하 복장을 한 관광객 두 명에게 수박을 먹자고 한 것이다. 아쉬운 듯 오필은 두 신하와 작별 인사를 하고 중화전과 보화전을 돌아봤다. 신하처럼 천설화는 그가 햇빛에 타지 않도록 부채로 얼굴을 가려주었다. 시원하게 수시로 부채질도 해주었다.

자금성을 구경하고 나와 한 상점 가판대에 놓인 길쭉한 수박을 발견했다. 계산을 하자마자 천설화는 자리를 잡고 앉아 탁자에 수박을 내리쳐 쪼갰다. 짐승의 터진 뱃속처럼 새빨간 수박을 한 조각 떼어 오필의 입에 넣어주었다. 오필은 베이징에 과일가게를 차려 관광객에게 수박을 팔면서 결혼 생활을 하고 싶다고 했다. 그런 이야기를 해주자 마틴이 웃었다.

―결혼 생활이 그렇게 단순하지 않은데……. 해리는 우리의 결혼 생활을 종이배에 비유했죠. 물에 젖은 종이배라고.
　―가라앉을 거란 말인가요?
　―결국엔 그렇게 되겠죠. 가라앉을 배는 포기하고 새로운 배를 타는 게 낫다고 판단했겠죠.
　―어떻게 그럴 수 있죠? 사랑하는 사람과 같이 탄 배가 가라앉으려 하면 새 종이로 덧대든 말리든 수단과 방법을 가리지 말고 다시 띄워야죠.
　―이미 젖은 배는 물에 띄울 수 없어요. 물에 젖은 건 가라앉는 게 자연의 순리예요.
　무거운 돌덩이가 가슴을 누르는 것 같아 천설화는 답답했다.
　―혹시 우리 부부가 탄 배도 물에 젖어가는 걸까요.
　―음…… 스스로에게 물어보세요. 배가 젖고 있다면 이미 느끼고 있을 테니까.
　마틴이 씁쓸한 미소를 짓는 걸 보고 천설화는 한숨을 내쉬었다.
　―사장님이 안 돌아가셨다면 우리 사모님과 사장님의 배는 안 젖었겠죠? 아마 폭풍우가 몰아쳐도 가라앉지 않았을 거예요. 사모님이 얼마나 사장님을 사랑했는지 몰라요. 사

장님이 성공할 수 있도록 물심양면으로 내조했죠. 도시서 살다 시골로 거주지를 옮긴 것만 봐도 알 수 있잖아요.

―그런 남편을 잊고 새 남편을 사려는 건 어떻게 생각하세요?

―잊기 위한 게 아니라 기억하려는 거겠죠.

물론 처음엔 카미유의 행동이 이해가 안 갔다. 경매가 열릴 때마다 거기 온 여자들도 이해할 수 없는 건 마찬가지였다. 남편을 팔겠다는 여자나, 사겠다는 여자들이나, 말이 되지 않으니까. 개나 소도 아니고 사람을 팔다니. 그런 여자들이 불쌍해 속으로 비웃었다. 지금은 다른 여자들 마음까진 모르겠지만 카미유의 마음은 이해할 것 같았다. 마틴을 본 후로 얼굴에 생기가 돌았으니 말이다. 그럼에도 적극적으로 나서지 못한 건 전세 준 아파트가 팔리지 않았기 때문이었다. 하지만 얼마 전 아파트는 팔렸다. 이젠 몸값이 얼마가 되더라도 카미유는 마틴을 사기 위해 압구정과 한판 붙을 것이다.

―전 남편과 탄 종이배가 물에 젖어도 같이 있을 거예요. 젖은 배가 가라앉지 않게 종이로 덧댈 거예요. 배가 가라앉으면 남편을 먼저 탈출시킬 거예요. 제가 죽어도 남편은 살 수 있게. 그게 남편을 향한 제 사랑이니까요.

나뭇가지 사이로 들어온 햇빛에 천설화가 얼굴을 찡그리자 마틴이 머리 위로 우산을 씌워주었다. 사랑하는 사람에게 버려진 두 사람의 신세가 처량할 정도로 비슷해 보였다. 마틴은 아내에게 버려지고 자신은 남편에게 버려진 신세 같아 기분을 북돋우려고 한 가지 제안을 했다.

―자판기 캔 커피를 다 뽑아 마실까요?

마틴은 고개를 절레절레 흔들었다.

―자판기에 캔이 이삼백 개 들어가는데 어떻게 그걸 다 마셔요?

―다 팔리고 캔 하나 남았을 수도 있잖아요?

―그 반대의 경우라면 어쩌죠? 아, 알겠어요. 좋아요. 운에 맡겨봐야겠네요.

―캔 커피는 제가 쏠게요. 저 돈 많아요.

지갑에서 돈을 꺼내 자판기 투입구에 넣고 버튼을 눌렀다. 경쾌한 소리를 내며 캔이 아래쪽 배출구로 떨어졌다. 또 버튼을 눌렀다. 이번에도 요란한 소리를 내며 캔이 나왔다. 탕, 탕, 탕, 탕……. 캔 커피는 하나 남은 게 아니었다. 캔 커피 열 개를 꺼내 안고 천설화는 벤치로 갔다. 벤치에 캔을 내려놓자 그중 두서너 개가 굴러떨어졌다. 그걸 주워 올려놓고 이번엔 마주 앉아 캔을 따서 마셨다.

종종 오필과 연변대학 앞 '기억커피'라는 카페에 갔다. 힘들 때면 둘이 커피를 마신 그 순간을 기억하자는 의미에서였다. 기억커피를 마신 뒤엔 공원을 한 바퀴 돌았다. 공원에 있는 사람들을 보면 혼자라는 생각이 들지 않았다. 벤치에 앉아 처음 보는 사람과 스스럼없이 이야기도 하고 트랙을 도는 사람들을 따라 걷기도 했다. 딴생각하다 앞사람 발뒤꿈치를 밟기도 했다.

하지만 전원주택에 살면서 천설화는 공원엔 가지 못했다. 기껏해야 감자밭 사이에 난 길을 따라 두 마리의 물새가 사는 호수를 한 바퀴 돌아오는 게 전부였다. 따라서 여기 올 땐 이 동네에 사는 거주자처럼 사람들 사이에 끼어 공원을 걸었다. 공원은 연변이나 한국이나 활기가 넘쳤다. 연변에 살 땐 종종 오필을 데리고 공원에 나가 광장무를 추곤 했다.

달이 환하게 뜬 밤에 카미유와도 광장무를 춘 적이 있었다. 마당에서 혼자 춤을 추는데 카미유가 나와 가르쳐달라고 해 기본동작을 보여주었다. 걷듯이 앞으로 나갔다가 뒤로 물러나 양팔을 좌우로 흔들며 회전해 손뼉을 쳤다.

―광장무에선 스텝이 중요해요. 전진 스텝과 후진 스텝을 잘해야 해요. 앞으로 3보 뒤로 3보 옆으로 2보, 그리고 제자리.

―어휴 헷갈려.

―스텝 규칙만 알면 쉽게 따라 할 수 있어요. 또 한 가지 팁을 줄게요. 발을 디딜 땐 무릎을 살짝 굽혔다 펴듯이 리듬감 있게 하면 돼요. 이게 되게 중요해요. 조금만 잘해도 프로처럼 보이거든요. 스텝에 익숙해지면 손은 허리춤에 두거나 가볍게 양옆으로 살랑살랑 흔들면 좋아요.

광장무에서 스텝보다 중요한 건 공동체 의식이었다. 매일 같은 장소 같은 시간에 만나 춤을 추니 말이다. 광장무는 아침저녁으로 중국 여자들이 공원에 나와 여럿이 추는 춤이었다. 즉 같은 음악을 들으며 옆 사람과 발을 맞추고 방향을 맞추다 보면 자연스럽게 유대감이 생겼다.

―춤을 추며 함께 늙어가는 법을 배우는 게 광장무예요. 부부처럼요.

춤에 재미를 주기 위해 천설화는 손수건을 흔들면서 빠르게 스텝을 밟았다. 카미유는 부채를 들고 따라 했지만 속도가 빨라지자 스텝이 꼬였다. 그사이 구름에 달이 가려 한참 동안 마당이 어두워졌다. 마침내 달이 나왔을 때 중국 음악을 틀고 앞으로 3보, 뒤로 3보, 옆으로 2보라고 구령을 외쳤다. 점점 그녀는 완벽하게 스텝을 소화해냈다.

―저기 봐요. 너구리가 있어요.

천설화는 마틴이 가리킨 곳을 바라보았다. 사람처럼 나뭇가지를 하나 잡고 너구리가 앵두를 따 먹고 있었다. 너구리가 앵두를 딸 때마다 나뭇가지가 흔들렸다. 하도 신기해 벤치에서 일어나 슬금슬금 다가가자 너구리는 재빠르게 도망쳤다.

―연변에 살 땐 공원에 여우가 나타났는데. 공원은 동물에게도 살기 좋은 공간인가 봐요. 사실 전 이곳에 오면 벤치에 앉아 시간을 보내요. 사람이 없을 땐 혼자 앵두나무 뒤에서 광장무도 추지만. 광장무를 추고 나면 스트레스가 풀려요.

마틴은 티브이에서 광장무를 추는 중국 여자들을 봤다면서 자신에게 있어 공원은 휴식처라고 했다.

―공원을 걷는 사람들을 보면 걱정거리가 사라져요. 저 사람들도 나처럼 말 못 할 걱정거리가 하나쯤 있겠지, 마음이 찢어지는 고통이 하나쯤 있겠지, 하고 생각하면 위로가 돼요.

―사람들 마음은 대개 비슷한가 봐요. 저도 그런 생각 종종 했는데. 근데 이번 주말 경매에 또 오는 거죠?

마틴은 고개를 끄덕이고는 이젠 전과 달리 자신이 빨리 팔렸으면 좋겠다고 했다. 마땅히 해줄 말이 없어 천설화는 머리 위로 날아온 비눗방울을 터뜨렸다. 아까부터 한 아이가 막대를 입에 대고 분 비눗방울들이 개구리 알처럼 여기저기 떠 있었다. 마틴이 손으로 비눗방울을 터뜨리는 걸 보고 천설화는 다시 캔을 땄다. 네 개까지는 거뜬히 마셨는데 다섯 개째는 배가 불러와 속도가 더뎠다. 속이 니글거렸지만 다섯 개째 캔을 마시고 자판기 앞으로 갔다. 마른 남자가 구겨진 천 원짜리를 투입구에 밀어 넣고 있었다. 들어가지 않자 남자는 손바닥으로 자판기를 때리고 돈을 펴서 넣었다.
―오필 씨.
잘못 봤나 싶어 위아래로 남자를 훑어보았다. 다시 봐도 오필이었다. 놀래켜주기 위해 전화를 안 받고 몰래 한국에 온 것이었다. 연변에 살 때도 말없이 케이크를 사 오거나 꽃을 사 와 놀래켜준 적이 많았다. 그사이 오필은 얼굴 살이 통통하게 올라 보기 좋았다. 좀 크게 입었던 옷도 몸에 딱 맞게 입고 있었다. 몸이 조금 불어 덩치도 더 커 보였다.

천설화는 캔 커피 두 개를 꺼낸 오필을 사랑스러운 눈으로 바라보았다. 꿈인가 생시인가 싶어 팔을 꼬집었으나 꿈이 아니었다. 마틴이 눈치 빠르게 고개를 숙이고 자리를 피해주었다. 오필은 이 상황이 믿기지 않는다는 표정만 짓고 있었다. 천설화는 기쁨을 참지 못하고 오필의 손을 잡아끌어 벤치에 앉혔다. 그 바람에 벤치 한가운데 놓인 캔 커피가 굴러떨어졌다. 조금 남은 커피가 오필의 신발에 튀어 옷소매로 닦아주었다.

그사이에도 아이는 막대를 들고 다니며 정신없이 비눗방울을 불어댔다. 총을 든 아이가 뒤따라가 비눗방울을 터뜨리는 걸 보고 나서 강 목사를 만나러 가자고 했다. 오필은 고개를 젓고 할 말이 있다고 했다. 천천히 해도 된다고 했지만 지금이 아니면 할 시간이 없다면서 한국에 온 이유를 설명했다.

—남자가 생겼어.

—공장 동료라는 사람? 그건 나도 들어서 알아. 같이 베이징에 갔다며. 공장 본사가 거기 있어 간 것 아냐? 일이 바빠 내 전화 못 받은 것도 알고. 다 이해해. 물론 엄청 걱정했지만.

천설화는 온 힘을 다해 오필의 말을 이해하지 않으려고 애썼다. 흘러가는 구름을 보며 자신이 일하는 곳에선 연변처럼 별을 볼 수 있다고 했다. 감자꽃이 필 때가 가장 아름답다고도 했지만 오필은 귀담아듣지 않고 자기 할 말만 했다.

—그 남자와 베이징에 갔어. 둘이 자금성을 돌아봤지. 당신과 봤던 자금성보다 더 아름다운 자금성을 보게 되었어. 당신과 꿈꿨던 베이징 생활보다 더 행복한 인생을 꿈꾸게

됐다고.

도롯가에 주차된 차 안에서 한 남자가 오필을 향해 빨리 오라고 손짓했다. 오필은 한국으로 발령받은 저 남자와 안산에서 산다고 했다. 그 말이 귀에 들어오지 않아 천설화는 할퀴듯 오필의 손을 움켜잡았다.

―당신 베이징에서 살고 싶다고 했지? 우리 베이징으로 가자. 내가 한국 생활 그만둘게. 베이징 가서 관광객에게 수박 팔면서 살자.

오필은 이미 다른 꿈을 꾸고 있다면서 손을 빼내고 차로 뛰어갔다. 차가 출발하자 차창을 내리고 오필은 무심한 표정으로 돌아보았다. 천설화는 오필이 탄 차가 시야에서 사라질 때까지 멍하니 서 있었다.

8. 윤해리

전원주택에 도착했을 땐 모임 시간이 10분 지나 있었다. 다른 사람들도 주말 나들이 인파에 밀려 늦는지 마당에는 카미유 차밖에 없었다.

무심코 대시보드에 놓인 개 인형을 쓰다듬다 아이를 떠올렸다. 요즘 같이 놀아주지 못한 게 마음에 걸렸다. 시소를 타면서 작별 인사를 해야겠다고 생각하고 괭이질하는 남자를 바라보았다. 찌는 듯한 여름 더위가 시작되었음에도 남자는 언제까지고 괭이질만 할 것 같았다.

이혼 판결이 떨어지자마자 해리는 차 키부터 빼앗고 혼자 살 집을 보러 다녔다. 개중 백화점 맞은편 아파트가 마음에 들었다. 집주인이 갑자기 지방 발령이 나는 바람에 사자마자 전세로 내놓은 것이었다. 전세가가 4억이라 도저히 꿈꿀 수 없는데도 27층에서 바라본 도시 풍경이 아름다워 욕심을 냈다. 그 아파트는 전에 살고 싶었던 곳이었다. 4억을 구하는 게 쉽지 않았지만 그렇다고 방법이 없는 건 아니었다. 마틴에게 주기로 한 돈을 주지 않으면 됐다. 그래서 부동산에 가계약금 3백만 원을 걸어놓고 오늘까지 기다려달라고 부탁한 것이다.

차에서 내려 마틴과 파라솔로 갔다. 테이블에는 빵 부스러기가 묻은 접시와 포크와 화병이 놓여 있었다. 우리를 본 카미유가 감자밭 오른편에 있는 사과밭에서 뛰어와 반갑게 인사를 하고 화병에 들꽃을 꽂았다. 줄기 윗부분에 분홍색 꽃이 다닥다닥 핀 부처꽃이었다. 해리는 손을 뻗어 청설모 꼬리처럼 생긴 부분을 만졌다.

―시간 지났는데 왜들 안 오죠?
―오늘 모임 못 한다고 했어요.
―취소된 거예요?
―제가 클럽엔 집에 손님 온다고 핑계 대고 급하게 취소 글을 올렸고, 회장님과 몇몇 사람에겐 전화해서 양해를 구했어요.

—맘대로 모임을 취소하면 어떡해요. 저는 연락 못 받았어요.

—해리 씨한텐 연락을 안 했으니까요. 걱정 말아요. 우리끼리 경매 진행할 거니까.

무슨 작정을 하고 모임을 취소했는지 알 수 없어 해리는 화가 났다. 가격을 내리기 위해 다른 여자들을 배제시킨 게 분명했다. 하지만 그녀는 살 사람만 있으면 되는 것 아니냐고 대수롭지 않게 말한 뒤 압구정이 경매를 포기했다고 알려주었다. 채팅방에서 이번엔 반드시 마틴을 사겠다고 큰소리친 사람이 안 온 게 석연치 않았다.

한데 마틴은 안도하는 기색이 역력했다. 솔직히 해리 역시 압구정이 오면 어떻게 할까 걱정을 하긴 했다. 더 많은 돈을 들고 와 산다고 하면 이번엔 압구정에게라도 팔아야 할 판이었다.

—무슨 수를 쓴 거예요?

—할머니 하나 포기시키는 데 무슨 수까지 써야 하나요? 할머니의 니즈를 파악하고 거기 맞게 조치를 취했을 뿐이죠.

그녀는 여유로운 표정으로 거들먹거렸다. 천설화를 통해 알게 된 젊고 잘생긴 연변 남자를 마틴의 3분의 1 가격으로 소개해줬다는 것이다. 남편이 아닌 요양사로서의 역할인데 돈을 많이 쓸 이유가 없다는 걸 깨닫고 즉석에서 계약서를 썼다고 했다. 유 회장의 경우엔 모임 장소를 계속 제공하겠다고 하자 '오케이 자기야' 하고 말했다는 것이다. 하지만 누구보다 적극적이던 루비통이 잠잠한 게 이상해 전화를 걸어 상황 설명을 했다.

―지금 바로 출발 가능하시죠? 네 좋아요. 오실 때까지 기다릴게요.

해리는 의기양양한 표정으로 전화를 끊었다.

―굳이 오겠다면 오라고 하세요. 근데 그 여자 돈은 들고 온대요? 지난번에 봐서 알겠지만 그 여자 돈 없어요. 돈 없어서 사랑에 빠진 정의로운 원더우먼 행세하다 도망쳤잖아요.

―감자 캐던 날 돈 들고 왔다고 한 얘기는 못 들었나 봐요.

―얼마 들고 왔는지 직접 눈으로 봤어요? 저도 보진 못했지만 기껏해야 2억이나 되려나? 지난번 경매에서 나온 최고가인 3억 5천은 택도 없을 텐데. 전셋집도 반은 대출인데 돈이 어디 있겠어요?

―루비통 님 전셋값은 어떻게 아세요?

―못 믿겠으면 전화해보시든가요. 뭐 마틴 씨를 2억에 사랑 듬뿍 얹어서 팔고 싶으면 오라 하시고, 저랑 3억 5천부터 출발하고 싶으면 그 여자는 없어도 될 거 같은데.

술수에 말려드는 기분이었지만 어떻게 할 방도가 없었다. 그렇다고 가만히 있을 수도 없어 얼마나 돈을 갖고 오는지 알아보기 위해 다시 전화를 걸었다. 오늘 시작가가 3억 5천인데 입찰금은 준비된 거죠? 네, 네? 아니요, 지난 경매 때 멈췄던 가격에서 시작하려고 해요. 아니요, 그럴 순 없어요. 저도 마틴도 사랑 따윈 필요 없어요. 사랑이 밥 먹여주나요. 그럴 수는 없다니깐요. 우린 이제 이혼했어요. 아무리 그래도 2억으론 부족해요. 그건 안 된다니까요. 오늘 경매는 취소하기로 했으니 오실 필요 없겠네요.

전화를 끊었을 때 미소를 짓는 카미유가 얄미워 입찰자 한 명으로 어떻게 경매를 하냐고 따졌다. 그녀는 혼자 입찰에 참여하고 호가도 혼자 올릴 거라고 했다. 그 정도라면 못할 것도 없었다. 일이 이렇게 된 이상 차라리 살 사람과 일대일로 협상하는 게 낫다고 생각할 즈음 차 한 대가 들어왔다. 벌써 루비통이 왔나 싶어 차가 멈출 때까지 기다렸다. 차창이 내려가고 파마한 머리통이 나오는가 싶더니 이내 들어갔다. 차는 마당을 돌아 먼지를 일으키며 나갔다. 숲속 카페인 줄 알고 잘못 들어온 차였다.

해리는 산자락에서 나물을 캐는 남자를 바라보고 마틴과 집 안으로 들어갔다. 테이블에는 음식이 풍성하게 차려져 있었다. 빨간 고추를 썰어 고명처럼 얹어놓은 감자전과 전병은 물론이고 블루베리가 듬뿍 든 샐러드와 보랏빛이 도는 감자떡과 물엿을 넣어 만든 감자조림까지. 화려한 문양의 접시에 담긴 음식들은 먹음직스러웠다.

  주방에서 일하던 천설화가 마틴에게 다가와 지난번엔 인사도 못 하고 헤어져 미안하다고 했다. 두 사람이 이야기를 나누는 사이 해리는 먼저 자리에 앉았다. 천설화가 주방으로 가자 마틴은 자신과 그녀 사이에 끼어 앉아 젓가락을 들고 감자전부터 먹었다. 자신이 부칠 땐 이런 맛이 안 나온다고 카미유에게 너스레를 떨었다. 강판에 갈아 만든 감자전을 좋아한다는 걸 기억해 만들었다고 하자 마틴이 감동했다. 마틴은 전병과 샐러드와 감자떡을 하나씩 맛보고 요리사처럼 평을 했다. 도란도란 이야기를 나누는 두 사람이 부부처럼 보였다.

  ―이번엔 내가 나를 팔아볼게.
  마틴이 말했다.
  ―당신이 당신을 판다고?
  이건 또 무슨 꿍꿍이속인지 알 수 없어 해리는 난감했다. 팔리기 싫어 엉뚱한 소리를 할 수도 있었고 자신을 난처한 상황에 빠뜨릴 수도 있었다. 이 상황을 어떻게 받아들여야 할지 몰라 대답을 못 하자 마틴이 씁쓸한 표정을 지었다.

—이혼 판결이 떨어진 마당에 계속 같이 살 순 없잖아. 그러니까 이번엔 내가 나를 팔아본다고. 오늘은 어떻게든 끝내야 하지 않겠어?

마틴의 말투에서 전과 달리 단호함이 느껴졌다. 처음으로 두 사람의 생각이 같다는 걸 알고 뜻대로 하라고 했다. 이혼 판결 후 마틴도 같이 사는 것에 피곤해하고 있었다. 딴에는 양재 씨에게 원룸 보증금을 빌려달라 했다가 거절당한 모양이었다. 보험회사에 다니는 선배에게도 얼굴에 철판을 깔고 연락해 사정했지만 돈을 빌리진 못했다. 마틴은 입가심으로 수박 한 조각을 먹고 오른손을 활짝 펼치며 셀프 경매를 선언했다.

—저 자신을 경매하겠습니다. 지난번 경매 땐 도살장에 끌려 나온 소처럼 행동했는데 오늘 4차 경매에선 적극적으로 팔아보겠습니다. 자, 오늘의 경매 출발합니다.

두 여자보다 더 크게 해리는 박수를 쳐줬다. 열어놓은 거실 창으로 러브버그가 공기 속을 뜀뛰기 하듯 통통 튀면서 날아왔다. 벌레는 한 마리가 아닌 두 마리가 교미하는 형태로 붙어 있어 눈살을 찌푸리게 만들었다. 러브버그 사이로 창에 들러붙은 달팽이가 보였다. 마틴은 다시 감자전을 먹고 자신의 몸값을 3억에 내놓았다. 경매 시작가는 3억 5천이라고 해리가 말했다.

─3억 5천은 비싸지 않아? 사람도 없는데.

─나한테 필요 없는 물건이라도 상대에겐 절실한 법이라고 했잖아. 절실한 사람은 얼마를 주고라도 사게 되어 있어.

입찰자가 한 사람이라고 해서 호락호락하게 넘어가고 싶진 않았다. 어차피 마틴을 팔고 나면 다시 볼 일이 없는 여자였다. 해리가 잔소리를 하고 나서야 마틴은 불퉁거리는 목소리로 몸값을 조정했다.

─몸값이 3억 5천밖에 안 된다고 생각하면 씁쓸합니다. 하지만 3억 5천이나 된다고 여기면 오히려 다행이라는 생각도 듭니다. 앞으론 몸값이 두 배까지 나가도록 악착같이 살림을 하겠습니다. 일단 제 공약은 이겁니다. 저를 사시면 평생 존댓말을 쓰며 존중해드리겠습니다.

싱크대 앞에 서서 수박을 먹던 천설화가 환호성을 지르자 카미유가 10만 원을 올렸다. 어떤 일이 있어도 무조건 편을 들어주겠다고 하자 또 10만 원이 올라갔다. 매일 한 번씩 안아주겠다는 공약엔 20만 원이 올라갔다. 고무된 마틴은 감정 쓰레기통이 되어 상대의 말을 다 받아주겠다고 선언했다. 모든 화풀이는 자신에게 해도 된다면서 욕이든 한풀이든 미움이든 다 받아먹겠다고 했다.

공약을 내놓을 때마다 금액이 올라가자 마틴의 얼굴이 환해졌다. 오는 내내 차 안에서 말 한마디 없더니 이런 공약을 구상한 모양이었다. 그러지 않고서야 이렇게 적극적으로 나올 수 없었다. 자신에게 안 했던 걸 다른 여자에겐 한다는 게 불쾌했지만 그럼에도 또 어떤 공약이 나올까 궁금했다.

―카미유 님, 저를 사세요.

그 말에 카미유가 마틴을 쳐다보았다.

―저를 사면 집 안 청소는 무조건 하겠습니다. 오, 바로 40만 원이 올라갔네요. 설거지도 하고 파김치도 맛깔나게 담그겠습니다. 김치는 물론이고 제철 밥상도 잘 차립니다. 백화점서 요리 강좌도 받았거든요. 이래 봬도 제가 살림남 아니겠습니까. 바로 50만 원이 올라갔네요.

―그런 거는 여기 일하시는 분이 계시잖아. 그런 거 말고 남편으로서 어떤 일을 할 수 있는지를 어필해야지. 아무래도 그것도 중요하니까.

해리가 끼어들자 카미유가 가로막았다.

―살림 잘하는 남편도 좋죠. 저도 살림하는 게 어려워 설화 씨를 집에 들였거든요. 근데 설화 씨는 오늘까지만 일하

기로 했어요. 남편이 한국에 왔대요. 같이 베이징으로 갈 생각인가 봐요.

―그럼 제가 그 일을 하면 되겠네요.

마틴이 나서서 말했다. 그녀가 손을 내저었다.

―설화 씨가 그만둬도 집안일할 사람은 구할 테니 신경 쓰지 마세요.

창밖에서 총소리가 났지만 아무도 놀라지 않고 서로의 얼굴만 쳐다보았다. 잠시 흐르는 침묵을 깨고 다시 경매를 하는데 주방 창으로 국방색 조끼를 입은 남자가 산길을 뛰어 내려오는 게 보였다. 아까 나물을 캐던 남자였다. 헐레벌떡 남자는 주방 뒤쪽 문을 마구 두드렸다. 천설화가 문을 열어주자 남자는 워커를 벗어 양쪽 옆구리에 끼고 들어왔다. 어깨에 멘 자루 위로 삐죽삐죽 튀어나온 나물이 보였다. 천설화가 어쩔 줄 몰라 하는 사이 카미유가 산길을 뛰어 내려오는 두 명의 경찰관을 보고 남자를 방에 숨겨주었다. 카미유는 자루에서 떨어진 나물을 주워 한쪽으로 치우고 경찰관을 맞았다.

경찰관은 밀렵꾼을 쫓아 산을 넘어왔다면서 수상한 남자를 봤냐고 물었다. 카미유는 고개를 저었다. 경찰관이 간 후 방에서 나온 남자가 일일이 고개를 숙여 감사 인사를 했다.

그런데 남자는 가지 않고 한참을 꾸물대다 이 집에서 남편 경매를 하냐고 물었다. 깜짝 놀라 해리는 시치미를 뗐다. 카미유도 거들었지만 남자는 믿는 얼굴이 아니었다. 남자는 지난번에 숲속 카페인 줄 알고 온 여자들이 이곳에서 남편 경매를 한다고 알려줬다고 했다.
―전 아내를 팔고 싶습니다.
―아내를 판다고요?
해리가 언성을 높이자 남자는 코끝을 실룩였다.
―제 아내는 집 나가서 1년 만에 돌아와 아무 일 없다는 듯 당당하게 살아요. 하루 종일 밥도 안 하고 청소도 안 하고 집에만 있죠. 전 산나물이나 약초를 캐서 돈을 벌어요. 이걸로 혼자 먹고살기도 빠듯한데 이놈의 여편네는 일할 생각을 안 해요. 더 웃긴 건 일도 안 하면서 제가 산에 갈 때마다 꿩을 잡아 오라고 난리 쳐요. 꿩고기를 넣어 만든 떡국을 먹고 싶다고. 그렇다고 제가 밀렵꾼은 아닙니다. 종종 밀렵꾼이 쏜 꿩을 운 좋게 줍긴 하지만. 밀렵꾼이 떨어진 꿩을 찾지 못한 거죠. 한번은 총에 맞은 멧돼지를 본 적도 있어요.
―그건 들고 갈 수도 없잖아요.
―노끈으로 멧돼지 뒷다리를 묶어 끌고 갔어요. 바닥에 쓸리지 않게 자루를 아랫부분에 덧대고서요. 집에 도착해

수돗가에서 불로 시커먼 털을 태우고 멧돼지를 잡았죠. 암튼 오늘은 재수 없게 경찰관과 부딪쳐 밀렵꾼으로 오해받아 도망쳤어요. 근데 저도 이 클럽 회원이 될 수 있을까요?

 여성 전용이라고 말하자 남자의 얼굴에 안타까워하는 기색이 드러났다.

 ─그럼 내가 아내를 파는 클럽을 만들어야 하나.

 남자는 혼잣말을 하고는 나물을 한 줌 꺼내 카미유에게 주고 갔다. 남자 때문에 기분이 좋아진 마틴이 재밌는 걸 보여주겠다며 물구나무를 섰다. 얼굴이 벌게진 채로 마틴은 두 팔을 움직여 테이블로 다가오더니 벌떡 일어나 단추를 하나 더 풀었다. 동시에 백만 원이 올랐다. 단추를 또 풀자 2백만 원이 올라갔다. 조금만 더 오르면 새로 본 전셋집으로 이사 갈 수 있었다. 웃어야 할지 울어야 할지 난감했지만 3억 8천이 나오자 슬슬 몰려왔던 짜증이 어느새 미소로 바뀌고 있었다. 조금만…… 조금만 더…… 조금만 더 해봐. 그깟 단추가 뭐라고. 셔츠 단추를 완전히 풀어버리라고. 아니 아예 벗어 던지라고.

 속으로 쾌재를 부르는데 부동산에서 전화가 왔다. 한 시간 내로 추가 계약금을 넣지 않으면 다른 사람과 일을 진행하겠다고 했다. 마음이 다급해진 해리는 빨리 끝내라고 마틴에게 눈짓을 보냈다. 그때 갑자기 천설화가 섹시 댄스를 춰달라고 했다.

당황한 마틴은 잠시 고민하더니 양팔을 느슨하게 구부려 앞뒤로 흔들었다. 리듬을 타듯 머리부터 가슴, 배와 무릎 그리고 발끝까지 온몸으로 웨이브를 타며 움직였다. 어깨도 번갈아 움직여주면서 주저앉았다가 슬금슬금 일어났고, 이어 골반으로 큰 원을 그리며 몸을 한 바퀴 회전했다. 그러고는 바닥에 양손을 짚고 엎드려 엉덩이를 흔들다가 온몸 웨이브로 일어나 벽으로 걸어갔다. 오른손으로 벽을 짚고 왼쪽 다리를 높이 들어 올리고는 관능적인 눈빛으로 카미유를 바라보았다. 기세를 몰아 마틴은 연애할 때 전화기에 대고 불러주던 노래를 흥얼거리기 시작했다. 불쾌한 마음과 조급한 마음이 겹쳐 해리는 3억 9천에 경매를 매듭짓자고 했다.

얼떨결에 노래를 멈춘 마틴은 뻘쭘하고 어정쩡하게 서서 양쪽 눈치를 봤다. 해리가 눈짓을 하고서야 그 의미를 알아채고 더는 보여줄 게 없다고 했다. 바로 카미유는 핸드백에서 봉투를 꺼내더니 수표를 한두 장 빼고 해리에게 줬다. 3억 9천을 받고 감격에 겨워 미소를 짓는데 그녀가 확인서를 들이밀었다. 해리는 자신의 집 주소와 이름이 적힌 곳에 큼지막하게 사인해 확인서를 넘겼다. 밖에서 개구리가 신나

게 울었다.

―아직 경매 안 끝났죠?

현관문이 열리면서 개구리 소리가 뚝 끊겼다. 신발을 벗자마자 루비통은 카미유에게 쪼르르 달려가 나쁜 년이라고 욕을 했다. 카미유는 확인서를 주머니에 넣고 화장도 않고 온 루비통을 노려보았다.

―어디서 천박하게 욕지거리를. 이런 근본 없는 것에게 그이가 홀렸다는 게 믿기지 않는군. 진짜 나쁜 년이 누군지 말해줄까? 그이를 죽게 만든 진짜 나쁜 년이 누군지.

―누구긴 당신이지. 당신의 헛된 욕심이 상기 씨를 피 말려 죽인 거라고. 미켈란젤로로 만들겠다는 욕심으로 말이야.

―아니, 그이는 교통사고로 죽었지. 그 원인은 당신이고. 당신이랑 외도한 거 알고 헤어지자 했더니 그이는 잘못했다고 싹싹 빌었어. 그리고 당장 정리하고 오겠다며 차를 몰고 당신 만나러 가다 사고 난 거야. 그이는 당신이 죽인 거라고.

―그 말을 내가 믿을 거 같아?

―믿고 싶은 대로 믿으라고. 맘 같아선 그 집을 불태우고 싶었지만 참았어.

―그래서 말도 없이 급매로 집을 팔아 치운 거야? 하지만 우리의 추억까지 불태울 수 있을까? 근데 아무리 생각해도

이해가 안 가. 당신 입장에서 보면 상기 씨가 바람을 피웠는데, 왜 상기 씨를 닮은 마틴 씨를 사려는 거야?

해리도 그 이유가 궁금해 카미유를 쳐다봤지만 묵묵부답이었다. 루비통 말대로 죽은 남편이 외도를 했다면 그를 닮은 남자를 사고 싶진 않을 터였다. 궁금증이 일었지만 관심을 접었다. 누가 불륜을 하든, 법적 아내가 누구든 자신에게 필요한 건 새집으로 이사할 돈이었다.

서둘러 부동산에 가려고 일어섰는데 마틴이 앞을 막고 위자료를 달라고 했다. 이사 갈 돈이 부족해 안 된다고 말하고선 대신 앞날을 축복해주겠다며 마틴을 밀치고 나가 시동을 걸었다. 차를 잡으려고 뛰어오는 마틴을 보며 해리는 부동산에 전화를 걸었다. 이제 마틴과는 이걸로 끝이었다. 남편을 팔았다는 죄책감 같은 건 없었다. 새로운 인생을 줬는데 죄책감이라니.

9. 김마틴

　이곳의 아침은 일찍 찾아왔다. 새벽 여섯 시가 되기 전에 창밖에서 여명이 밝아오더니 꿩이 울었다. 마틴은 이불을 젖히고 침대 모서리에 걸터앉아 창밖을 바라보았다. 산과 산 사이로 올라온 해가 감자밭을 비추고 있었다. 괭이질을 멈추고 남자는 목에 두른 수건으로 얼굴의 땀을 훔쳤다. 이제 감자밭에는 손바닥만 한 배추 모종이 심겨 파릇파릇했다. 꿔, 꿔, 꿩, 하고 꿩 한 마리가 밭 위로 날아올랐다.
　―아, 행복하다.
　그림 같은 전원 풍경을 보고 있자 행복감이 밀려왔다. 얼마 만에 이런 행복을 느끼는지 알 수 없었다. 날아가는 꿩도 사랑할 수 있고 괭이질 소리마저 사랑할 수 있을 것 같았다. 앞으로 매일 이런 아침을 맞이한다고 생각하자 감사함마저 들었다. 지독히 싫어하는 뱀과 달팽이도 사랑할 수 있을 것 같았다.

상쾌한 아침 공기를 쐬려고 마틴은 창문을 옆으로 밀었다. 창틀이 녹슬었는지 문이 열리지 않았다. 아침을 먹고 손보기로 하고 간밤에 해리가 오토바이 퀵으로 보내준 트렁크를 바라보았다. 결혼 생활 10년의 물건이 트렁크 두 개에 들어 있었다.

트렁크를 툭 차고 조금 전 해리가 보낸 문자를 읽었다. 밤 비행기를 타고 싱가포르에 왔어. 여긴 한국보다 한 시간 이르네. 이제 막 당신은 일어나서 아침을 준비하겠지. 아파트 전세 계약은 당신 덕분에 운 좋게 했어. 당신이 마지막으로 준 선물 같아. 여기 오니까 세상이 달라 보여. 왜 진작 이렇게 살지 못했을까 싶을 정도야. 날씨는 말도 못하게 맑고 투명해 내 마음까지 맑아지는 느낌이야. 당신 말대로 난 남편을 판 첫 번째 여자로 역사에 남을지 몰라. 하지만 남편을 팔아도 세상은 변하지 않고 흘러갈 거야. 남편 하나 없어진다고 세상이 달라지겠어? 그리고 우산은 트렁크에 들어가지 않아 당근마켓에서 나눔 했어. 난 일주일간 이곳에서 휴가를 보내며 새로운 인생을 설계할 거야. 잘 지내. 당신 없는 세상에서도 나는 나대로 괜찮게 살아볼게.

  싱가포르 공항에서 찍어 보낸 사진을 넘기다 캐논 카메라를 멘 남자를 발견했다. 남자의 손에는 녹색 트렁크가 들려 있었다. 사진을 지우고 해리의 번호를 차단했다. 어제 날짜로 두 사람의 관계는 완전히 종결된 것이다. 받기로 한 돈이야 그간 자신이 날려 먹은 돈이라 생각하고 퉁치면 됐다. 마틴은 휴대폰을 침대에 던져놓고 방 안을 둘러보았다. 간밤에 저녁을 먹고 카미유가 안내해준 방에 들어와 잤는데 알고 보니 죽은 남편의 서재였다.

  트렁크를 치우려고 마틴은 붙박이장 문을 열었다. 파란색 셔츠가 위아래에 빼곡히 걸려 있었다. 셔츠를 밀치고 아래 칸 구석에 트렁크를 넣다 쇼핑백을 발견했다. 쇼핑백에 든 파란색 셔츠를 집는데 노크 소리가 났다. 얼른 내려놓고 붙박이장 문을 닫는 사이 카미유가 들어와 잘 잤냐고 물었다. 편하게 잤다고 하자 그녀는 흡족한 얼굴로 욕실에 들어가 욕조에 물을 받았다. 마당의 파라솔이 바람에 살랑거리고 있었다.

  욕조에 물이 가득 찼을 때 마틴은 욕실로 들어갔다. 잠옷을 벗어 벽에 걸고 그녀가 꽃잎을 뿌려놓은 욕조 안으로 들어갔다. 한창 아침을 준비할 시간에 욕조에 가부좌를 틀고 앉아 전원 풍경을 바라보니 부러울 게 없었다. 이런 게 진짜 행복이 아닐까. 인생사 새옹지마라더니. 해리가 팔겠다고 했을 땐 암흑 같았는데 이런 찬란한 앞날이 기다릴 줄은 꿈에도 몰랐다. 이제부터 진짜 인생이 시작된 터라 노래가 절로 흘러나왔다. 사나이로 태어나서 할 일도 많지만, 너와 나 나라 지키는 영광에 살았다, 전투와 전투 속에…….

―스킨은 이걸 바르세요.

물기를 닦은 뒤 잠옷을 입고 나가자 카미유가 화장품 병을 내밀었다. 꽤 비싼 수입 제품이라 자신이 바르는 싸구려와는 다른 냄새가 났다. 손바닥에 쪼로록 따라 얼굴에 골고루 펴 바르자 알싸한 냄새가 콧속으로 파고들었다. 스킨 냄새 하나에도 행복할 수 있다니. 손수 화장품까지 챙겨주는 그녀가 고마웠다. 화장대에는 외국산 스킨과 로션은 물론이고 버버리나 구찌 같은 값비싼 향수도 놓여 있었다. 죄다 죽은 남편이 사용한 것이었지만 상관없었다. 그녀가 준 로션을 바르고 손목과 귀에 향수를 뿌렸다. 자신의 몸에서 낯선 남자의 향기가 났다.

―셔츠는 이걸 입으세요.

그녀가 아까 본 쇼핑백에서 파란색 셔츠를 꺼내 줬다. 말하지 않아도 죽은 남편에게 주려고 산 옷인 걸 직감했다. 카페에서 말했을 때와 달리 거부감이 들었지만 내색하지 않았다. 입어볼 테니 나가달라고 하자 그녀는 나가지 않고 등을 돌렸다. 피식 웃고 마틴은 잠옷 상의를 벗은 후 셔츠를 걸친 다음 단추를 채웠다. 맞춘 것처럼 셔츠는 몸에 딱 감겼는데 무언가가 손목을 찔렀다. 소매에 비스듬히 꽂힌 핀을 빼 한쪽에 놓는 사이 그녀가 붙박이장에서 바지와 트렁크 팬티를 꺼내 왔다.

착용감이 없어 트렁크 팬티를 좋아하지 않았지만 흔쾌히 받았다. 이번에도 그녀는 방 밖으로 나가지 않고 등을 돌렸다. 그녀의 뜻에 맞춰주기 위해 잠옷 바지를 벗어 침대에 놓고 서둘러 팬티를 입다 마틴은 넘어졌다. 넘어지는 소리에도 그녀는 돌아보지 않고 벽만 바라보며 웃음을 참았다. 바지까지 입고 나자 그녀는 또 벨트를 챙겨줬다. 해리에게는 한 번도 받아본 적 없는 것이라 행복감은 더욱 커졌다.

―정말 죽은 남편 같네요.

좋다고 해야 하는 건지 싫다고 해야 하는 건지 알 수 없어 마틴은 바보처럼 웃었다. 몸에서 나는 향수 냄새가 살짝 싫어졌다. 생각보다 향수 냄새는 진했다.

―이제부터 이 집에선 왼손을 사용하세요.

마틴은 고개를 갸우뚱했다.

―난 오른손잡이인데.

―남편도 원래는 오른손잡이였어요. 왼손을 많이 써야 우측 뇌가 발달한대요. 우뇌는 창조적인 능력과 감성이 연결돼 있어요. 남편은 미켈란젤로가 되기 위해 왼손으로 소설책 한 권을 필사했고, 왼손으로 그림을 그렸고, 마우스도 왼손으로 쥐었죠. 과일도 왼손으로 깎았어요. 미켈란젤로가 왼손잡이거든요. 당신도 왼손을 사용하면 미켈란젤로가 될 수 있어요.

아침부터 느낀 행복감이 조금 깨졌지만 새로운 행복을 얻기 위해서라면 이 정도는 감내할 수 있어 마틴은 호응을 해줬다. 이내 그녀는 거실에서 놋쇠 그릇 두 개와 젓가락을 가져와 책상에 놓았다. 그릇 하나는 구슬이 담겨 있었고 하나는 빈 그릇이었다. 그녀는 두 개의 그릇을 양쪽 끝에 각각 놓았다.

그녀가 시키는 대로 마틴은 책상 앞에 앉았다. 정면으로 액자가 보였다. 투명한 눈빛 하며, 외까풀인 눈과 우뚝 솟은 코와 두꺼운 입술, 거기다 곱슬머리와 파란색 셔츠까지. 셔츠 때문인지 사진 속의 남자는 자신의 얼굴과 하나로 겹쳐놓은 것처럼 똑같았다. 죽은 남편과 닮았다는 건 익히 들었지만 이 정도일 줄은 몰랐다. 마치 자신이 죽어 액자 속에 들어가 있는 것 같았다. 3억 9천이라는 돈을 주고 사도 아깝지 않을 남자가 자신이었다는 게 이해되는 순간이었다. 얼마나 죽은 남편을 사랑했으면 그 남편을 닮은 남자를 산단 말인가. 죽은 남편에 대한 그녀의 사랑이 어딘가 특별해 보여 마틴은 왼손을 사용해 젓가락을 움직였다. 하지만 한 짝이 검지와 중지 사이에 끼어 옴짝달싹을 안 했다. 겨우 손가락을 벌려 구슬을 집었으나 1초도 지나지 않아 빠졌다.

―조각가인 엄마는 날 미켈란젤로로 만들려고 왼손을 사용하게 했죠. 그럼에도 난 미켈란젤로가 되지 못했어요. 대신 미켈란젤로 같은 재능을 가진 남자를 만났어요. 숨겨진 재능은 큰데 그걸 발현시키지 못한 사람이었죠. 그게 남편이에요. 난 남편을 미켈란젤로로 만들려고 지금처럼 왼손을 사용하게 했죠. 당신도 석 달만 연습하면 젓가락질이 좀 자연스러워질 거예요.

―석 달이나요?

왼손 젓가락질을 왜 시키는지 알 수 없었지만 마틴은 묻지는 않았다.

―석 달은 금방 가요. 남편도 처음엔 놀랐지만 이내 익숙

해졌어요. 이렇게 연습하고 실전은 식탁에서 아침을 먹으며 할 거예요.

그녀는 젓가락으로 놋쇠 그릇에 담긴 구슬을 집어 보란 듯이 빈 그릇에 넣었다. 땡그렁. 구슬이 떨어지면서 그릇 깨지는 소리가 났다. 그녀의 성공에 고무되어 다시 시도했지만 실패였다. 생각만큼 쉽지 않았다. 열린 문틈으로 된장찌개 냄새가 솔솔 풍겨왔다. 이 집에서 잔 첫날이라 그녀가 밥을 하고 찌개를 끓인 모양이었다. 냄새가 구수해 마틴은 아침을 먹고 하자고 말했다. 한 번 성공할 때까지 그녀는 안 된다고 했다.

어쩔 수 없이 다시 젓가락질을 했으나 실패였다. 열 번을 해도 한 번을 성공 못해 자신은 예술적 재능이라곤 손톱만큼도 없고 미켈란젤로도 되고 싶지 않다고 솔직히 고백했다. 그녀는 젓가락을 낚아채 소리 나게 내려놓았다. 잠시 침묵이 흘렀다. 멍하니 마틴은 감자밭에서 일하는 남자를 바라보았다. 그사이 감자밭에는 배추 모종이 더 심어져 있었다. 서툰 젓가락질보다 차라리 배추 모종을 심는 게 더 나아 보였다. 어색한 침묵을 견디지 못하고 조심스럽게 여자에게 물었다.

—내가 좋아서 날 산 게 아니었어요? 그래서 죽은 남편이

바르던 스킨을 주고, 죽은 남편이 입던 바지를 입히고, 죽은 남편에게 입힐 파란색 셔츠를 입힌 게 아닌가요? 남편이 갑자기 죽어 못다 한 사랑을 대신 하기 위해 날 산 게 아니었나요?

그녀는 팔짱을 낀 채 단호하게 고개를 저었다. 아침부터 느낀 행복감이 조금 더 깨졌다.

―그럼 왜 날 산 건데요?

불쾌하다는 듯 그녀는 빤히 마틴을 쳐다보았다.

―이제부터 알게 될 거예요.

창밖으로 K2 소총을 멘 군인들이 뛰어오고 있었다. 말발굽 같은 소리를 내며 군인들이 뛰어올수록 덩달아 가슴이 뛰었다. 금방이라도 군인들이 거실 창을 뚫고 쳐들어올 기세였다. 하지만 그들은 마당 오른편으로 난 길을 따라 뒷산으로 올라갔다.

―남편이 죽은 날 나 몰래 다른 여자를 만난다는 걸 알았어요. 그런 상황을 친구들에겐 내색 못 하고 장례식을 마친 뒤 남편을 닮은 조각상에게 말했죠. 당신에게 복수할 시간을 줬어야지, 하고 말이에요. 하지만 어떻게 죽은 사람에게 복수할 수 있겠어요? 그래서 저놈의 조각상을 평생 저 자리에 세워놓고 햇빛에 검게 타 죽게 하려 했어요. 물 한 모금

주지 않고 햇빛에 태워 죽이려고요. 불에 탄 나무처럼 바짝 바짝 말려 죽이려 했다고요. 그런데 백화점에서 본 당신을 떠올린 순간 죽은 사람에게도 복수할 수 있다는 걸 알았죠.
―어떻게요?
―당신을 죽은 남편으로 만들면 돼요.
목구멍에 달팽이가 걸린 것 같아 컥, 컥, 하고 헛기침을 했지만 목소리는 나오지 않았다. 그걸 수긍의 뜻으로 받아들였는지 그녀는 말을 계속했다.
―아침을 먹으면서 죽은 남편에 대해 알려줄게요. 좋아하는 것과 싫어하는 것을. 잘 먹는 음식과 못 먹는 음식을. 감자꽃이 피었던 밭에 하얀 눈이 내릴 때까지 죽은 남편에 대해 알아가면 돼요. 이제 당신을 죽은 남편 자리에 앉혀놓으면 모든 게 제자리로 돌아갈 거예요. 남편이 죽기 전으로. 남편 이름은 홍상기예요.
내 이름은 김마틴인데. 하지만 그 말은 입 밖으로 나오지 않았다. 아침부터 누린 행복이 완전히 깨졌다. 어디서부터 잘못된 걸까. 아니, 이제부터 어떻게 해야 할까. 오늘 아침만 견디면 나아질까. 이렇게 하루하루 견디며 죽은 남편이 되어가면 문제가 없을까. 남편 하나 없어진다고 해서 세상이 달라지는 게 아닌 것처럼, 김마틴이 홍상기가 된다고 해도 세상은 달라질 게 없었다.

  길게 망설이지 않고 마틴은 홍상기가 되어보기로 마음을 정했다. 이게 이 집에서 살아가는 방법이라면 그렇게 따를 수밖에 없었다.

  그런데 그 순간 어디서 그녀를 본 것 같은 기시감이 들었다. 저 하얀색 원피스를 어디서 봤더라. 저 풍성한 머리카락을 어디서 봤더라. 구찌 매장 쇼윈도가 보였고, 사람들이 웅성웅성 지나갔고, 키득키득 웃는 젊은 커플 사이로 자신을 뚫어져라 쳐다보던 여자가 보였다. 그 여자가 바로 카미유였다. 그녀가 계획적으로 쳐놓은 덫에 걸린 것이다.

  식은땀을 닦고 마틴은 창문에 붙은 달팽이를 바라보았다. 손가락이 근질거려 창가로 갔는데 달팽이를 죽이면 벌을 받는다는 아이의 말이 떠올라 멈칫했다. 바로 그때 어릴 적 무심코 한 일들이 떠올랐다. 재미 삼아 돌을 던져 연못의 개구리를 죽였던 것, 어항 속 금붕어를 꺼내 바닥에 떨어뜨려 죽였던 것, 파리를 잡아 날개를 떼어 죽였던 것, 장난감 총으로 냇가에서 노는 물새를 맞혀 죽였던 것, 메뚜기를 잡아 검은 비닐봉지에 담은 뒤 질식시켜 죽였던 것, 아침이면 집 외벽에 들러붙어 있는 벌레를 라이터 불로 태워 죽였던 것, 뒷산에 올라갔다 뱀을 보고 놀라 돌로 쳐서 죽였던 것……

하지만 어릴 적 저지른 일과 지금의 상황은 아무런 인과가 없었다. 그런데 만약 인과가 있다면? 마틴은 세차게 고개를 저었다. 백번을 곱씹어도 인과가 형성될 리 없는데도 식은땀은 계속 났고 방 안은 점점 더 더워졌다. 숨이 막혀 그녀를 밀치고 나가 현관문 손잡이를 돌렸다. 현관문은 열리지 않았다.

다시 돌려봐도 소용이 없어 주방 뒤쪽으로 달려가 문을 밀었다. 그 문도 열리지 않았다. 어깨에 힘을 실어 밀어도 꿈쩍하지 않았다. 마틴은 고개를 갸웃거리고 거실 창 앞으로 달려가 창문을 열었다. 그 창마저 열리지 않았다. 젖 먹던 힘까지 쥐어짜 한 번 더 밀었지만 못을 박아놓은 것처럼 꼼짝을 하지 않았다. 정신없이 집 안을 뛰어다니며 문이란 문은 모조리 밀어젖혔지만 열리는 곳은 단 한 군데도 없었다. 유리 감옥에 갇힌 듯 멍하니 서 있는데 천창으로 햇빛이 화살처럼 쏟아져 내렸다. 마지막 보루라도 되는 양 마틴은 천창을 바라보았다. 꿩이 앉았던 자리에 뱀이 똬리를 틀고 있었다.

작가의 말

당근마켓에 남편을 판다는 글이 올라온 적이 있었다. 해프닝으로 끝난 그 일이 오래도록 뇌리에 남았다. 해프닝일지라도 어쩌다가 남편이 팔리는 신세가 되었는지 호기심이 일었다.

결국 당근마켓이 어떤 곳인지 궁금해 휴대폰에 앱을 깔았다. 처음 인터넷을 접했을 때처럼 그곳은 신세계였다. 입던 옷, 신던 신발이나 구두, 메던 가방 같은 잡다한 생활용품은 물론이고 가구, 휴대폰, 음료수, 식물까지 판매품으로 나와 있었다. 자동차는 물론이고 심지어 집도 그곳에서 거래됐다. 그렇다면 뭐 남편이 거래될 만도 하겠네.

그곳에 대해 좀 더 알아보려고 후배가 당근마켓에서 파는 식물을 직접 배달해봤다. 처음이라 뻘쭘했고 어떤 말을 할까 고민했지만 그것보단 어떻게 상대를 알아볼지가 더 걱정이었다. 사람이 없는 곳이라면 상관없지만 사람이 많은 곳이라면 난감할 것 같았다. 다행히 무언가를 찾는 사람들은 쉽게 알아볼 수 있었다. 그들의 눈빛에는 새로 만날 식물에 대한 기대가 잔뜩 차 있었다. 상대를 못 찾는다 싶으면 혹시 당근인가요? 하고 물었다. 식물에 대해 아무것도 모르면서 아는 척을 조금 했다. 전문가를 만나면 대신 배달을 나왔다고 말했다.

가장 재밌었던 것은 외국인을 만난 일이었다. 외국인도 당근을 한다는 것에 놀랐다. 타국에 와서 식물을 키우는 외국인은 어딘지 생소했다. 식물을 배달해주면 어떤 사람은 자기가 키우는 식물을 자랑했고, 어떤 사람은 자기 집의 식물을 보여주겠다고 했다. 반려견을 데리고 나와 자신의 직업은 정원사라고 소개한 사람도 있었다. 그들에게 남편이 식물처럼 매물로 나오면 사겠냐는 질문을 하고 싶었다. 하지만 그런 질문을 받으면 당황할 게 뻔해 쉽게 말을 꺼내지 못했다.

남편 판다는 글이 또 올라올까 싶어 밤마다 당근마켓을 검색했다. 더는 그런 글이 올라오지 않았다. 누군가가 사용한 가방이 다시 나왔고, 누군가가 키우던 식물이 나왔고, 누군가가 살던 집이 또 나왔다. 같이 술을 마실 친구를 구한다는 글이 새로 올라왔을 뿐이었다. 편하게 술 한잔 마시며 차마 못 한 질문을 해볼까도 싶었지만 그 역시 난감하긴 마찬가지였다.

  뭔가 일어나길 기다리며 당근마켓을 주시했지만 더는 아무 일도 일어나지 않았다. 대신 아이러니하게 내 안에서 무언가가 일어났다. 그때부터 이 소설을 쓰기 시작했다.

  책을 내면서 고마운 분들이 있다. 먼저 하지순 주간님과 구경미 편집자님에게 고마움의 인사를 하고 싶다. 초고를 읽어주는 강이라 작가가 있어 든든했다. 이 소설을 써보라고 한 김형주 선생님에게도 고마움을 전한다. 그리고 조동선 선생님에게 깊은 고마움을 전하고 싶다. 책이 나오면 오랜만에 용산 아이파크 문화센터에서 소설을 가르치는 선생님을 찾아뵈어야겠다.

2025년 12월
강화도 카페 〈야생화 뜰〉에서
고요한

내 남편을 팝니다

초판 1쇄 발행 2025년 12월 15일
초판 2쇄 발행 2026년 1월 29일

지은이 고요한
펴낸이 이수철
주　간 하지순
편　집 구경미
디자인 박예진
영업관리 최후신
콘텐츠개발 최진영
영상콘텐츠기획 김남규
제　작 서동관
관　리 진호, 황정빈, 전수연

펴낸곳 (주)픽셀앤플로우
출판등록 제2025-000171호
주소 (10449) 경기도 고양시 일산동구 호수로 358-39 동문타워1차 703호
전화 02) 790-6630 팩스 02) 718-5752
전자우편 namubench9@naver.com
인스타그램 @namu_bench

ⓒ 고요한, 2025

ISBN 979-11-24185-01-8 03810

* 나무옆의자는 (주)픽셀앤플로우의 문학 브랜드입니다.
* 이 책의 전부 또는 일부 내용을 재사용하려면
  사전에 저작권자와 출판사 양측의 동의를 받아야 합니다.
* 잘못 만들어진 책은 구입하신 곳에서 바꾸어드립니다.